唯爱与美食不可辜负

山亭夜宴 ＊ 著

湖南人民出版社

Right love, Write love

生活家

LIVING

喜欢

一个人

就是

要和他（她）

一起

吃好多好多的

饭

目录
CONTENTS

PART 1 | 烟火里的际遇

01
☐ 云吞面 ……………… 003

02
☐ 水果派 ……………… 015

03
☐ 培根芝士土豆泥 ……… 027

04
☐ 麻辣小龙虾 …………… 039

05
☐ 红辣椒烤猪腿 ………… 051

☐

PART 2 | 饮食男女

06
☐ 茶叶蛋 ·················· 065

07
☐ 慢炖鲜蚝 ·················· 077

08
☐ 红酒牛肉 ·················· 091

09
☐ 枣椰烤鸡 ·················· 103

10
☐ 鱼子酱寿司 ·················· 115

☐

PART 3 | 像极了爱情

11
☐ 纸杯蛋糕 ················129

12
☐ 玛格丽特饼干 ············141

13
☐ 印第安面包布丁 ··········153

14
☐ 咖喱酱烤碎肉 ············165

15
☐ 白灼芥蓝 ················177

PART 4 | 生活家，美食家

16
☐朗姆酒焦糖煎香蕉 ……… 191

17
☐肉丸意面 ………………… 205

18
☐养生粥 …………………… 217

19
☐可乐鸡 …………………… 229

20
☐芦笋浓汤 ………………… 241

☐

PART 5 | 人间烟火气,最抚凡人心

21
□ 方便面新吃法 ············· 255

22
□ 鲜虾螃蟹秋葵浓汤 ········· 269

23
□ 南瓜面疙瘩 ············· 281

24
□ 小岛冰激凌 ············· 293

25
□ 蜂蜜酸奶 ············· 303   □

烟火里的

PART

1

际遇

人群中没有早一步

没有晚一步

遇上了,便是一生。

而爱情的心花怒放

就与品尝到可口的美食一样

无法掩饰发自内心的欢喜。

01

云吞面

云吞面

原料:

鸡蛋面、适量糖和盐、云吞10个左右、新鲜菜心两三棵、鸡蛋1个

做法:

① 锅放油烧热,打进鸡蛋炒香
② 加入适量清水,大火烧开,直煮到汤奶白色,加少许糖、盐调味
③ 面条、青菜和云吞煮熟,煮好捞出放入碗里
④ 浇入蛋汤

有段时间我经常晚上出去吃路边摊，新来的摊子有卖云吞面，吃的人不少，找不到位子是常有的事，一堆人围成圈，好像20世纪八九十年代香港电影里的夜生活，出来遛狗的人也顺便排起了队。

走到便利店附近时，突然一阵暴雨浇下来，我拎着面飞快跑进去躲雨，足足等了一刻钟也不见大雨有停下的趋势。买了饮料后，我坐在便利店门口的长椅上，不顾一切地开始吃，饿惨了。

大雨如注，只有身后便利店的白光敞亮，远近黯淡的路灯下，行人纷纷消失在雨幕中，我一个人对着一条空荡荡的大街一口一口吃云吞面，仿佛能囫囵吞下整条街的寂静。我听不见雨声之外的世界，独享着屋檐下小小的安宁。

一个呼喝声忽然传出，来者抱着头冲到屋檐下，浑身湿透，像是从水里捞起来的小狗甩着头上的水珠，一边转头看了我一眼。

我明显感觉有水珠甩进我的面里了，很讨厌突然被人破坏了气氛，干脆夸张地勺了一口汤泼出去。那人转身坐在长椅的另一头，看起来20岁不到，耳朵上一闪一闪，一身深色外套，他从兜里拿出耳机用袖子擦，谁知袖子更湿，又拿出手机、烟、打火机、钥匙、钱包一堆东西，都湿透了，一包纸巾成了一团，他抓着脑袋一副懊恼的样子。

我吹着已经不烫的云吞面，吃得很开心。

男子忽然说："是路口那家云吞面吗？"

"嗯。"我继续吃。

"现在大概收摊了。"他脱了湿透的外套,黑色的T恤也没好到哪里去。

我似乎看见他手臂上的疤痕,像是无意间窥见了别人的秘密,赶紧转开了视线。

"这是我的文身,"他审视了下手上的伤疤,说:"在我朋友店里文的。"

"不好看啊。"我看了他一眼,他不以为意。

"因为文坏了。"

我又看了看,他把手伸过来些,解释道:"本来这里应该是个花纹图案,还有树叶和藤,文到这边发觉结构不对称,很怪,洗掉很麻烦,就算了。"

他倾身时一束光打亮了他的侧面,我发觉他的耳钉上是颗珍珠,之前还以为是水钻之类,什么样的男子会在耳朵上戴颗珍珠呢?

"耳钉很漂亮。"

他摸了下耳朵,说:"我只有这一颗珍珠,本来还有一颗,但是掉了。"

我猜大概和女孩子有关,笑了笑没问。

雨势依旧磅礴,街道两旁开始有了积水。他摆弄了一遍手机和耳机后,确定都已经暂时不能用了。我出门时只带了钱和钥匙,说:"便利店里应该有电话。"

"可我不记得号码呀。"说着,他笑了起来。

他的眼神很亮,牙齿很白很健康,他说他认识一个总是半夜里出来买牛奶的女孩,她很漂亮,是他喜欢的那种漂亮,可她看起来那么孤独,从女孩的眼神中他就能看出来。

"仅仅是从眼神?"

"嗯。"他坦然地直点头,"如果你没有遇见过,你不会相信那种突然的……"他低着头想了想,仿佛已经词穷,"怦然心动!就是那种感觉,在所有你遇见的人里,你唯独被某一个人深深吸引,如果她走出了视线,周围会一下子变得死气沉沉。"

他的眼神满是喜悦,我听了很是好奇,小心翼翼地问:"那她呢?"

女孩总在夜里11点去便利店买牛奶,她睡不好,整夜整夜在黑暗中看着窗帘外的天空一点点亮起来。那时她刚刚结束一段多年的感情,情绪低落时,她把自己沉浸在水里,只为了短暂地屏蔽人世。当伤感排山倒海而来,会不顾一切去找那个人。现在,她不再知道找的是什么了。

当他第七次在便利店外遇见那女孩时,两人买了一模一样的牛奶走出店门。

一个说:"你不该这么晚出门。"

另一个说:"为什么总碰见你?"

"我们可以在同一个时间喝完这罐牛奶吗？"他微笑着摇了摇手上的牛奶罐。

爱情的长度或许就只有喝一罐牛奶的时间。

女孩落寞的双眼涌出了一丝笑意，她说自己严重失眠，已经到了吃安眠药的地步。她没有朋友，没有熟悉的人，工作后的成年人若无瓜葛便免去了社交，除了工作，她没有生活。

她对他说："每个黄昏，我习惯步行回家，在熙攘的人群里嗅着生的气息，偶尔看着那些陌生的情侣，真是羡慕，每次我都匆匆看一眼，我怕羡慕变成了我的嫉妒。"

并不是爱情让人惧怕，她才习惯寂寥。只是怕生，熟悉了，下定决心了，就不顾一切地爱下去了。

女孩拨弄着手上的珍珠吊坠，轻声说："你也失眠吗？"

男子卷起了袖，给她看那段消逝了的爱在手腕上的遗迹，说："这儿曾刻下了一个女孩的名字，现在只剩下残余。"

我仔细看了看他的手臂，一团烧灼的深痕，收口了的伤，痕迹还在。因为太深，碰一下还是感觉到疼。

所有的爱情故事里，最不缺的就是伤情。在年轻的时候，我们决绝地认定这个、那个，流年岁月里抵不过时间的无情，最后能被记住的名字也是种缘分。

"那时,她刚和男友分手,我和女朋友也彻底结束了。我每次看到她避开别人的眼神,好像看到了我自己,我和她都是那种没法隐瞒悲伤的人。"他说。

两个悲伤的人邂逅了彼此。

"后来呢?"

"她的家人知道后非常反对。"

我感觉有些奇怪,他虽说看起来20岁出头,这个年纪就算开始一段不那么般配的恋爱也不必考虑家里人的意见。如果每个人很年轻的时候就循规蹈矩地生活,错过的一定比得到的多。

"我之前一个女朋友比我大两岁,她比我大六岁。"

"姐弟恋也没什么……"我踌躇着问:"你几岁?"

"快21岁了。"

"我还以为你20岁不到。"我笑得有些心虚,他外形瘦削、结实,脸颇有些男孩气。

20岁之前,他过得很嚣张,脾气很坏,有一群狐朋狗友,身上常常会出现莫名其妙的外伤。他说宁愿承受身体的痛感,人只有被重创后才会明白拼命往上爬的迫不及待。可他处理不好和别人的关系,尤其和女孩子的交往,女孩追问他去了哪里?为什么不回电话?为什么沉默?为什么……

他有时候连自己的伤都感觉不到,怎么去体会别人的痛苦?每段

关系结束,女孩们落荒而逃,他是他那个圈子里出了名的坏男孩,他也觉得自己无药可救。

我忍不住问:"为什么会这样?"

他的珍珠耳钉闪了一下,继续待在阴影里沉默。

"你伤害她们,更伤心的人是你,难道不是吗?"

他抚着手臂上的伤疤,"我受不了那些,我……"

"害怕相信?"我犹豫着说。

他从小和奶奶生活在一起,六岁时父母离婚了,父亲坐了六年牢。同学、邻居,他周围的人都知道他的生长环境,人们同情小孩的遭遇,也提防着他靠近自己的孩子。父亲出狱的第一年,一直相依为命的奶奶去世了,他年少的生活里只记得奶奶急切的叫唤声,喊贪玩的他回家吃饭,逼仄的房子里仅仅容纳下两张狭窄的小床。

很小的时候他就明白要替自己出头,面对挑衅,他就用拳头解决问题,女孩们怕他躲着他,男孩们不敢再惹他。

"你不太像古惑仔啊?"我刚才一定吃了熊心豹子胆了,还想在他甩水珠时说他几句。

"高中毕业后我就跟着我爸做生意去了,前两年他又结婚了。"

"女孩的家人反对,是因为你的家庭?"

"我21岁——"

"快 21 岁。"我纠正道。

他怪异地瞥我一眼，继续说："她 27 岁，她的家人都是很保守的人，只希望她嫁个成熟、稳重的男人，在他们看来，我只是个毛头小子，没法给她安定的生活。我明白他们的担心，像我这样连自己情绪都控制不好的人，不仅不能对自己负责，还会毁了她。"

"你们放弃了？"

"不。"他很坚定地说："一个人会改变，不是随着年龄增长自然而然发生的，是因为有让你值得这么做的人出现了，而这个人是能颠覆你整个人生的人。遇见她之前，我从没想过结婚、安定这种事，可看见她第一眼我就知道是她了，我愿意去相信她，我也想让她相信我。"

气势磅礴的大雨渐渐小了，几个路人撑着雨伞涉水而过。

珍珠耳钉男子起身将拧干的外套搭在肩上，说："我有一年没见她了，去了好多地方，不管走了多远，还是想回头看看这里，虽然变数不定，还是想回来看看。今天是她的生日，如果她答应跟我，我会在云吞面摊那里看到她，她喜欢从前的香港电影。"他笑得很开心，"也许以后，我和她能开个夫妻云吞面馆……"

我对着他逐渐走远的身影挥了挥手，许多美好的事一开始便足以惊心动魄，不知为何消逝了，仿佛从未存在过。

一个周末，在朋友家吃饭，天好像随时都要下雨的样子，大家都不想出去。

从厨房里找出面和云吞,还有几棵新鲜的青菜,我提议做云吞面吃,她们纷纷点头,话题从早期的港片一直说到经典的爱情故事。

"我喜欢《秋天的童话》。"

"《十二夜》才是最经典的。"

"这部是后来的!我还是喜欢《古惑仔》这种风格,反叛都那么经典。"

"徐克以前的电影我都喜欢。"

"我喜欢电影里他们吃的云吞面啊、撒尿鱼丸这些。有部电影名字都忘记了,其中有个情节,男主角从监狱刚出来,第一件事就是去路边吃鱼丸,看得我馋死了。"

"小时候只知道要么吃面,要么吃馄饨,那会儿还没有云吞面的概念,总觉得港片里馄饨加面条的吃法太新奇了。然后,趁爸妈不在家,我就自己动手做了份,别笑,味道还是可以的,用饺子也试过。那时就觉得不可思议,居然还可以这么吃,还想跟着电影里学,费了我不少馄饨啊!"

做法很简单,烧开的水里依次放入云吞、青菜、面饼,如果有鲜虾就更好,动手包在肉馅里,味道更加鲜美。

我们一人端了一大碗,满房间飘着芝麻油的香味。港片里随处可见对面条的情有独钟,不仅仅调动了美食的味觉,也在那时看到了最初的爱情故事。

"喜欢看那时的警匪片,还有匪帮电影,太经典了!还想着以后要嫁给陈浩南,我就喜欢这样的男人!"

大家对讲这段话的她侧目,我另外再多看她几眼,问:"如果'陈浩南'比你小几岁呢?"

"姐弟恋啊?"

一说到这个话题,大家立即踊跃十足,一个说:"小一两岁还可以,杨过比小龙女小四岁呢。"

"不要听她的,那是武侠小说。"

"年龄小,未必心理不成熟啊,并不是说男人比你年长就一定会体贴你对你好,哪有这种事的!"

"都说女性衰老快啊,尤其是生了孩子后。"

"医学上说,生过孩子以后的女人会更有女人味,到时会分泌一种激素,对身体和皮肤都好。但是,女人不管怎样都一定要好好保养和爱护自己,不要为了可能发生的事担心。"

"男人比你小几岁,你觉得不能接受了?"

"三岁以内。"

"六岁呢?"

顷刻,她们齐刷刷地盯着我,我辩解说:"发誓不是我!"

于是,我对她们说了珍珠耳钉男子的故事。

"他们彼此深信,是瞬间迸发的热情让他们相遇,这样的确实是美丽的,但变幻无常更为美丽。记得波兰女诗人的《一见钟情》吗?我一看到这首诗,就深信不疑,即便我从未遇见过。"

我说:"他们遇见时,男孩刚 20 岁,分开后他一个人去了很多地方,他说他也怕一时昏了头,他从来没有这么害怕过,怕的不是失去或受伤,他怕女孩对他失望。在女孩生日那天,他回来他们约定的地方等她。"

"等到了?"她们一个个眼眨也不眨地看着我。

爱情确实是有的,它来了以后,去留自如。

02

水果派

水果派

原料：

低筋面粉140克、苹果800克、黄油80克、白糖100克、香蕉300克，以及草莓酱、水、蛋液、肉桂粉、柠檬汁适量

做法：

① 黄油融化后加入面粉、白糖和水，揉成软硬适中的面团
② 盖上保鲜膜放入冰箱冷藏半小时
③ 苹果洗净去皮、切块，香蕉去皮切丁
④ 锅里放入适量黄油烧热，加入白糖到融化，倒入苹果块和肉桂粉
⑤ 加入柠檬汁，苹果块变软收汁成馅
⑥ 取出冷藏后的面团，擀成饼状，上下对折一下，擀成稍厚些的大片
⑦ 置入烤盘成形，边缘刷上一层蛋液，剩余的面团擀成片，切条
⑧ 将苹果馅放入盘内，放上一层香蕉丁，表面铺上草莓酱
⑨ 条状面依次纵横交错，格子状，边缘按实
⑩ 表面刷上蛋液，放入烤箱预热，200度烘烤25分钟左右

水玛丽交往了个 ABC 男友，问起是怎么认识的，她说是互联网聊天认识的。朋友们觉得很不可思议，因为她和前男友分手还不到一个月，一问之下才知道早在分手前她就认识了那个 ABC，他叫乔。

下周乔会从波士顿回国，两人此前一直通过视频交流。

"真不敢相信，她刚甩了那么帅的男友，火速又搭上了新的，你们谁能解释下吗？"

"如果是南倩我就认了，她长得那么漂亮，性格又好，可是水玛丽……"

一路上我们几人七嘴八舌地表示诧异，事实证明水玛丽身边从来不缺少追求的男孩子，她不算很漂亮，却自有种妩媚，同性看来或许有些过了，但在异性眼中很受用，水玛丽从初中到高中的同学韶韶确认了这点。

下周末是水玛丽的生日聚会，她决定在家举行派对，热衷穿衣打扮追逐时尚的她，现在开始关心烹饪美食了，有时晚上还会打电话跟我讨论原料。

"这几个牌子都是原装进口，贴标销售，品质还是可以的。你喜欢的那两个牌子，原料是进口，在国内另有加工厂，价格相对低一些。剩下的都是在国内有工厂的，人家卖的是这个产品的牌子，但也可能有几样原料是进口的。"

电子邮件里有一堆她在超市拍下的材料照片，删减了半天发给我，让我替她出主意。

"想做个派要考虑的太多啦,我才刚刚买了烤箱,这个周末我想烤个派给你们吃。"电话那头,水玛丽不知在倒腾些什么,感觉是在类似仓库的地方翻找货物。

"买个现成的不就行了?"其实我知道她想给乔一个惊喜,她生日那天乔会来,参加者也可以带"家眷"来。

"乔喜欢吃水果派,我答应那天做苹果派。"

"一个够吗,那么多人?"

"所以,你能帮我吗?"

我想我真是自找的。

水玛丽钟爱各种水果,连榴梿都很喜欢,前两年去马来西亚、泰国玩的时候,每天都恨不得把水果当饭吃。她吃榴梿时连她爸妈都受不了,然后有人好奇地问她,"你男友怎么想的?"

"陪我一起吃啊!"她说。

从那之后我们就对她男友刮目相看,长得是蛮帅,真是人不可貌相。

她最大的性格特点就是,热衷把自己喜欢的分享给身边的人,作为与她朝夕相处的男友,自然也就成了第一只小白鼠。

她对烹饪的了解仅限于煮碗面,煎、炸、蒸、烘焙之类就是冒险了。

我到她家时,她正往派盘里倒炼乳,问我:"这个量够吗?"差不多已经倒了半罐进去,我马上抢下炼乳罐:"你这是在做什么派?"

"椰蓉苹果派,我想多做几种苹果派。"

厨房的桌上一堆材料,甚至还有美禄,看起来就像临期存货的疯狂嘉年华。看她在大碗里放入玉米油、红糖,我问她:"黄油有吗?"

"这个好?"

"增加香味。"

水玛丽在冰箱翻了半天,郁闷地说:"涂面包用完了。"

她喜欢西式餐点,早餐吃烤面包加燕麦片,中午吃自制的三明治,火腿片、熏肉的味道都很不错。她有个在美国的姑姑,每次回国会给她带很多吃的。

那天下午,我陪她去超市来了个大采购,往年她过生日开聚会,都是出去聚餐、K歌。

"你爸妈那天会在吗?"朋友间一直在猜测她和ABC男友发展得是不是真正突飞猛进,要在她生日聚会上见家长。

"不,他们自助游去了。"

水玛丽的爸妈很前卫,懂得享受生活,经常把她一个人扔在家自己出去玩。

"他们这次去哪儿?"

"澳大利亚,还会去新西兰。"

"他中文怎么样?"

水玛丽知道我指的是谁,脸上浮现出开心的笑容:"还不错,他在国内待过几年,其实……"她犹豫了下,"乔是姑姑介绍给我认识的。"

"那你为什么不直接说?我们都好奇死了。"

"我爸妈不喜欢他。"她皱了皱眉头。

"为什么?"

"他……"水玛丽仿佛下了大决心似的咬着牙,"他结过婚。"

我将拿在手上的红苹果放下,抓了只青苹果,确定自己没听错,现在知道时间怎么能算得这么准了,也许之前还有过激烈的争执。

水玛丽的新男友我们都没见过照片,私下里还猜测会不会是像吴彦祖、王力宏那样的 ABC 帅哥。她告诉我说,乔和她的姑姑是邻居,很多年前她去姑姑家过暑假,她和乔就认识了,但当时两人年龄都只有十几岁,水玛丽的爸妈生活上很时尚前卫,但绝对不会允许给予了厚望的女儿去发展跨国恋,乔高中毕业后就去工作了,两人的恋情无疾而终,但一直保持着联系。

"他是你的初恋?"

她脸上红了红,算是默认。乔结婚前订过一次婚,半年后就分手了,娶了后来的妻子,这段婚姻维持了两年,因为性格差异而分手。他前妻喜欢待在纽约,他则不愿离开波士顿。他一直没有搬离波士顿的打算，环游了全美各大城市后，他只想待在那里，听起来像是他在等着与水玛丽重逢。

"如果我和他结婚。"她笑了起来，"我们会搬到西雅图，他和朋友在那里合作经营了一家公司。"

"还有什么能反对的理由呢？"

"我本来打算本科毕业后留学的，但他们不知怎么就知道我是要去和他见面，坚决让我留在国内，别人念大学谈恋爱，我家隔三岔五地给我安排相亲对象，奔着结婚的相亲。"

她将拌匀的面粉放入派盘中按压，我猜测她还有什么没告诉我，但显然她避开了话题，转身去预热烤箱了。

好几天的时间，玛丽没再和我讨论水果派的事，她信誓旦旦地说想做各种样式的水果派在生日当天撑门面，取代蛋糕的位置，还去网上淘了拍立得相机。她喜欢这类风格的摄影，相片虽然不能明目张胆地贴在家里的冰箱上，但能藏在她的抽屉里。

她在空间里上传了一些自己研发的水果派，樱桃派最省力，材料直接在派盘里解决，手指也不用弄得黏糊糊。晚些时候她打电话问我："你看到我空间里的照片了吗？"

"要是不用拍立得，我还可以看得更清楚些。"

"樱桃很新鲜，我一早去水果市场买的，你要不要过来尝一下？"

听她的口气有些不同，我没问她是不是和乔见面了。从吃的话题渐渐转到乔的身上，他们昨天一起吃了饭，还去看了夜场电影，感觉很新奇，和她从前的约会都不一样。乔比她大两三岁，出生在圣诞节，西方家庭在节日时有吃派的习惯。晚些时候，乔带着一束鲜花出现在水玛丽家，他身穿白色T恤和牛仔裤、帆布鞋，很随意，就像是隔壁的男孩跑来约女孩出去参加舞会。

我看了一眼水玛丽，问她我是不是来得不是时候。她笑着说："苹果派就是他教我的。"乔对我点点头，他的五官很深刻，带着某种沧海桑田后的坚不可摧，微笑时如坚冰融化，白色T恤很显温柔，我不由得想起《欲望号街车》里的马龙·白兰度。乔不算帅哥，至少比起水玛丽交往的前任男友来，他既没有小女生喜欢的那种白净，也不是什么邻家男孩，他是个成熟的男人。打过招呼后，他便先走了。

"你觉得他怎么样？"

"像只大灰狼。"

水玛丽笑得特别开心："和他在一起的这几天，我遗憾以前为什么要浪费那么多时间。可如果不是绕了这么一大圈，我恐怕都不会相信，有一天你等的人会回来找你，爱情重新会回到你身边。"

每次听到有人发表真爱宣言的时候，都有种想掘地的焦虑感，这让每天对感情闭口不谈的人情何以堪呢？一边是愤愤不平，一边是感动流泪地祝福，幸福的人一定要狠狠地幸福下去，是对无可救药的生活最坚韧的反击。

水玛丽生日那天,家里堆了很多水果,我一大早跑去帮忙,顺便带了瓶红酒。

除了水玛丽外,另有几个早起的朋友也过来帮忙,有好吃的都高兴动手,问题是能不能爬起来。我在厨房洗水果时,其中一个朋友悄悄问:"她男友长什么样?"

"你们没有严刑逼供过?"

"她说今天看了就知道,你不是已经见过了?"

"就匆匆一眼,要怎么形容呢?"

"帅不帅?"

"和以往的风格不一样。"

"是不是很硬汉?"

我正想着怎么回答时,厨房外响起一阵骚动,乔来了。尽管同伴中也有带家眷的,但也不由自主地投以赞赏的目光,看得一旁的男友们很不是滋味。厨房接下来归了水玛丽和乔,乔主要负责清洗、去皮和切碎,水玛丽掌控大权。我们几个在厨房门口张望,讨论是不是要点个比萨以防万一。

"你对她没信心了?"

"上次你不是吃了一口糖吗?"

"糖和炼乳都不算什么,我可是吃了一口盐啊!"

"那你为什么还要骗我也尝一口?"

众人七嘴八舌地互相指责,最后干脆先把酒开起来喝了。水玛丽忙进忙出很开心,抱了很多零食出来,好让一大清早就赶来的朋友填填肚子。我也只吃过她做的樱桃派,口感还行,应该不至于像她们说的那么夸张,但着实好奇她能倒腾出什么花样来。

乔出去打电话时,水玛丽忽然从厨房出来,家眷们都出去溜达了,大家就挤着脑袋问情况。

"你看着他的眼神明显很不一样。"

"什么眼神?"

"闪着光的,从心底里透出来的喜悦。"

"明明是吃榴梿的眼神。"

"去你的!"

"你不会做个榴梿派什么的吧?"

"我是准备了榴梿——"

此话一出,众人立刻尖叫退开,水玛丽满脸不解的表情,指着其中一个说:"你上次不是说好吃的吗?"那叛徒立即被踢了出去,还死乞白赖地辩解说是被逼的。

差不多中午过后,派陆续端上桌了,随行的家眷中有个不喜欢甜食,叫了份麦当劳外卖,闺蜜之一也想加份,立刻被我们以眼杀人干掉了。

四大份派足够所有人吃的了,其中一份牧羊人派很让人意外。我以前在公司举办的比赛中看到过这个名称,初看是派的模样,也可当作菜,馅通常用羊肉或牛肉做原料,上面铺土豆烤成,搭配微酸的茄汁肉酱吃,口感非常好。显然这份是特地为出席的男家眷们准备的。乔介绍说牧羊人派是传统的英式菜,他和水玛丽分工合作,这次最成功。

我尝到了红酒的香味,也有人尝出了香草的味道。吃得正酣时,水玛丽将苹果派上燃尽的蜡烛取下,乔低声问了句什么话,立即引人起哄。水玛丽红着脸笑,乔坦然地回答说:"当时在她姑姑家吃完派,回去的路上我们第一次接吻了。"

玛丽脸上绯红,嗔怪地白了他一眼,他很开心地无视众人起哄,两人的眼神美得很一致。

不时听到水玛丽没多久便会结婚的消息,她家里很着急,要将她嫁出去,但婚期被延迟了几次,一度取消。可能考虑到乔的过去,她家里的反对声没有消停过,朋友们也觉得纳闷,水玛丽大约没告诉过她们。

一个下倾盆大雨的夜晚,我一个人在家翻箱倒柜找东西,听到敲门声着实吓一跳,颤着声音问是谁,一个沙哑的女声回说:"是我,水玛丽。"

门外的她淋成了落汤鸡,我找毛巾给她擦。她眼睛红肿,也不知是雨水还是隐形眼镜的关系,我泡了热茶给她,她整个人还在发抖。

"家里知道乔的情况了,不知从哪儿还打听到他过去那些不良记录,亲戚们现在轮番来轰炸我。"

"你心里的意思呢?"

"我以前总换男友,谈了没多久就撤退,我总是会想起乔。当他跟我说离婚后来找我时,我想也不想就跟当时的男友分手了。在一起久了的人会分开,你有没有听说过分开久了的人还能在一起的?在他回来的前几个晚上,我整夜整夜睡不着,以前我是不相信这样的爱情的,但是现在我只可惜没有早做决定。他们认为我是冲动,将来必定后悔。如果我冲动,当时在波士顿遇见他,我就会不顾一切和他在一起了,他告诉我结婚时,我哭了一个月,觉得一切都完了,比世界末日还可怕,谁要是再让我经历这种末日体验,我就叫他去见鬼!"

"那你就牢牢抓住他不放呗,就算把衣服抓破也不放手。"

她的脸上显出笑意,忽然问:"我做派的手艺还可以吧?"

"可以。"

"我私奔的话,你会帮我出谋划策吧?"

这叫什么事呢?

"就算被抓住,又不会浸猪笼,怕什么?"

03

培根芝士土豆泥

培根芝士土豆泥

原料：

土豆3个、培根2片、胡萝卜少许、牛奶适量、盐少许、黑胡椒粉少许、黄油20克、芝士适量

做法：

① 土豆洗净去皮切片蒸25分钟左右，压成泥状
② 培根、胡萝卜切丁
③ 黄油放入锅中加热，融化后加入培根丁、胡萝卜丁翻炒约两分钟，即可出锅
④ 全部倒入土豆泥里搅拌，添加少许牛奶，拌匀后再加一次，稠度依照自己口味。加入适量盐、黑胡椒粉，烤箱预热200度
⑤ 放入耐高温玻璃碗或烤盘，表面均匀铺上一层芝士，放入200度预热好的烤箱中层
⑥ 表面上色即可出炉，趁热口感最佳

那臭小子突然冲出来着实把我吓了一跳!

更吃惊的还有其他人,走在我前面的老外大叔惊得连脚都不敢挪动半步。那小子嗓音呼啸而过:"Don't get in my way!(别挡道)"臭小子逆向行驶不说,还把自行车骑到人行道上,他穿着一身睡衣,戴着眼镜和魔音耳机。

老外大叔吃惊地瞪着眼睛,发觉自己身后还有个目击者,便一脸苦笑地对我摇头,我也无奈地苦笑。

从下车的车站到地铁入口,中间要穿过一个滑板地,一群小子在空地上练习滑板技能。这块空地是我去地铁的必经之路,除非刮风下雨,不然至少也有两三个在那儿苦练功夫,参与者不分中外。在人群里非常好分辨,牛仔裤必定破破烂烂,有时还系着条红巾,腿上挂着伤的大有人在,脸上似乎也脏兮兮的。

但就是这么群人,还能引得路人驻足观看和拍VCR,坐在花坛前的几人用中英文切磋滑板技巧,我听到其中一个说:"环游世界的话,带块滑板就行了。"

"不是你女朋友?"

"不、不,那会少去好多地方。"

突然,我看到一个眼熟的,那个穿睡衣的臭小子换了一身T恤、牛仔裤,鞋带系了半天仍旧一团糟,没戴眼镜,正忙着将滑板从自行车上拿下来。感觉到身后有人看他,他回头张望了下,面无表情地看了看我,我则继续走路。

"哈哈哈。"

还没走几步,忽然听到身后一阵闷哼,回头一看,那臭小子被自己的鞋带结结实实绊了一跤,正捂着脸龇牙咧嘴,同伴们一个个笑得很开心,我心情也很不错。他揉揉伤处,一脸无所谓地拿了滑板重新开始,似乎一点也没被打击到。

中午出去买饭经过咖啡馆,露天桌边坐满了人,店内反而显得很空。如果我早餐吃得太多太丰盛,中午有时就去餐厅买份土豆泥。咖啡馆里出售新鲜的水果沙拉,比便利店的好吃,但价格不菲。我犹豫着选土豆泥还是水果沙拉,店员推荐我新产品,培根芝士土豆泥。刚从烤箱里拿出的一份份土豆泥的香味扑鼻,我点了一份。

以前我在家做炸薯条,将薯条煮两三分钟,从水中捞出沥干水分,放在冰箱保存,想吃时就拿出来丢到油锅里,撒上盐和番茄酱就能吃,操作简单。好友来玩时,也喜欢吃这种现炸的薯条。

快吃完时,我下决心买了个烤箱,每当发现好吃又不复杂的美食时,就想自己做来试试。走出店门时我又看了看新鲜出炉的土豆泥,身旁一个人挡了我的路,我抬头一看,脱口而出:"Don't get in my way!"

对方立刻咧开嘴笑了起来,很谦虚地说:"幸会啊。"

"是吗?"

"我看见过你几次,你经常在这附近晃吗?"

"不是晃,是上班。"

他耸耸肩:"听起来意思差不多。"

我向门口走去,他继续说:"你点的土豆泥不错,我喜欢各种土豆做的美食。"

"你是喜欢吃,我是喜欢琢磨。"

他跟上几步:"琢磨什么?"

"琢磨制作方法。"

他似乎很感兴趣:"你会烹饪?"

"对。"

"我想找个厨子。"

我狐疑地打量他,他面不改色地说:"如果你有好的人选,推荐给我。"说着,他从兜里找了张皱巴巴的纸,写了联系方式,"我叫朱默林。"

想到一直在嚷嚷开美食铺的小楼,我接过了那张纸,问道:"你住在这儿吗?"

"不,我学校在这儿,住在学生公寓里。"

"外贸学院的?"

他点点头:"学校食堂的饭能把人逼得越狱了。"

当我把那张像草纸一样的纸条塞在小楼手里时,她差点直接扔进垃圾桶,我说:"生意上门了。"

"这是支票?"

她现在越来越像个老板娘了,说话直接不转弯,蛋糕店的生意早就不能满足她了。她积极地到处打听租门面经营美食铺的事,四处收集私房菜谱。

"学生想改善伙食,你的铺子开了吗?"

"下个月,这几天还在装修布置。"

我去看过一眼她的美食铺,店面不大,一条长排的座椅,最多能坐下6个人,设计图上的店面很小巧,她在店铺外的黑板上每天写上不同的菜单,主要以点心、小吃为主。

"你一个人来得及吗?"

"我表妹答应暑假来帮我。"

"网店的生意怎么样?"

"很一般。"

小楼翻出联系卡,将烂纸条上的联系方式抄写在了卡片上,我很好奇地看着:"这是做什么?"

"等我开店的时候,我会寄些目录。"

"你想得很周到啊!"

"本来想用短信、邮箱做宣传,开店初期节约资金投入。我看表妹设计的目录简介很有趣,就决定邮寄,也就一百份左右。"

她将屏幕上的设计图转给我看,画得很不错:"确实很漂亮,真花了不少心思。"

"我的店铺离学校不远,离你上班的地方有点距离,但你那边租金太贵,贵死了。"

我点点头:"如果有个人能专门替你送货,会很不错的。"

"让我弟去做,那个笨蛋。"

我立马有种捅了马蜂窝的感觉,她弟小楠和她虽是双胞胎,却从小打到大,实在看不出感情是好还是坏。店铺开张前一晚,小楼干劲十足地忙了个通宵,才睡了两三个小时就往店里赶。

每日推荐上除了她擅长的纸杯蛋糕之外,还提供炸薯条,土豆是我切的,她在豆腐干一样的店铺里腾出块地方专门用来炸薯条。第一天的生意还不错,我下班时经过她店里,正有几个人在外面等,她风风火火地忙完,看见我时招呼我进去。

"我表妹替我送东西去了。"

我看了下她的菜谱卡,"土豆饼、薯条、土豆沙拉、薯片……土豆大聚会吗?"

"卖得很不错,今天就让表妹去取了好几次备用的薯条。"

"我上次吃的培根芝士土豆泥不错,你要不也试试?"

小楼很认真地在笔记本上记下,此时门外走进一个人:"幸好,还没关门。"

朱默林肩膀下夹着块滑板,歪戴着鸭舌帽。小楼笑着迎上去:"还有一会儿呢,里面有座位。"

"这里有预定消夜吗?"

小楼一愣,突然出现的表妹抢先道:"有啊,你想订什么?"

朱默林找了张便条纸出来,上面罗列了几样小吃,其中就包括培根芝士土豆泥,"晚上开到几点,提供外卖吗?"

表妹依然主掌话语权:"看生意情况而定,外卖不超过三公里。"

朱默林写下地址后,满意离去。

小楼瞪着眼睛看她表妹:"我几时说晚上也要加班的?"她表妹今年刚考上大学,梳着两条辫子戴着副阿拉蕾似的眼镜,眼睛很大,好奇心很重,吃惊的时候眼睛瞪得更大,辩解说:"你不是说要十二倍的辛苦才可能回本嘛,白白放过上门生意要触霉头的!"

我在一旁忍住笑,小楼又好气又好笑:"今天晚上你也得帮忙。"

第二天是周末,晚上小楼和我研究培根芝士土豆泥的做法,阿拉蕾对着一堆土豆练刀功,小楠晚上本来要混去酒吧玩,被小楼死死抓住:"晚上你有任务。"于是她弟只好可怜兮兮地坐在沙发上看着手上拿刀的阿拉蕾。

切成块状的土豆浸没在水中,加盐,大火煮开后,再用中火煮上十分钟左右,我找了平盘用来将土豆压成泥,小楼分三次加入牛奶。压制均匀后,加入鲜奶油搅拌均匀,这时的土豆泥非常细腻,已经切成小丁的培根放入其中,同样搅拌均匀。小楼将磨成细粉的黑胡椒撒在表面搅拌,装碗后撒上芝士条放入烤箱175度烤20分钟。

我尝了几口,不比在餐厅吃到的逊色,芝士的味道浓郁,小楠抢了碗去吃,阿拉蕾正着急找勺子。

"这次换了种鲜奶油,味道比我上次做的好多了。"

"成本上去了。"我笑着指出,小楼点点头,摊手。

所有东西准备妥当,小楠负责去送货,阿拉蕾自告奋勇地说外贸学院那单她可以去送,很近的,被小楼骂了几句后,就缩到沙发上咬手指头去了。

"她白天在店铺里能跟人聊半天,送个东西走一趟要很久,晚上估计就找不到路回家了,她妈要知道了非掐死我不可。"

"她想认识新朋友呗。"

"你没看到白天她看那个朱默林的眼神?都能召唤神龙了。"

小楼气呼呼地说,发觉表妹主动来帮忙其实是另有原因,觉得被利用了,那么骄傲的一个人,现在沦落到这个地步。我想想觉得好笑,小楼懊恼地瞄了眼表妹,阿拉蕾不明所以地回了个眼神,圆眼睛瞪一下,继续玩手机。

再次去小楼的美食店铺时,阿拉蕾已经开学了,店铺基本是小楼一个人打理，偶尔她母亲会替她处理账务，晚上准时关门，早上起很早做早餐，生意兴隆。

"你表妹还会来帮忙吗？"

"被人拐走了。"

"什么？"我吃惊道。

"就是那个姓朱的——"

"他这么阴险！"

"是他同学，有好几次来店里吃东西，五湖四海一堆外国人，喜欢我店里的美食，死丫头那时非常起劲，早上比我起得还早，晚上就嚷着要加班，我以为她惦记着工钱，谁知道啊！"

阿拉蕾做起事来很积极，但是神经大条，一看见帅哥就会头脑发热。

我闻到一股香浓的汤味，小楼说是土豆浓汤："我表妹教我做的，说这是西式的做法，我稍微调整了下，觉得比在西餐厅里的好喝。"她骄傲地一扬下巴，我看了看食材，比培根芝士土豆泥多几样，切完土豆、洋葱、培根，锅里放黄油加热，放入洋葱丝翻炒变软后加入土豆块，添加适量清水。切碎的培根直接在锅里煎至焦黄。她用新买的料理机将土豆和洋葱丝打成泥，加上煮土豆的汤，用牛奶搅拌，保持浓浓的状态，稀了不好喝。土豆泥放入锅内后加适量牛奶煮开，佐料用盐和黑胡椒粉，搅拌均匀就行。喝的时候再加焦黄的培根碎末，光闻着味道就已经非常香浓。

"她是从哪儿知道的?"我问。

"她包打听,什么热销的就让我翻花样。这样也好,我去订购材料的时候,看什么好就做什么,土豆浓汤一早上光他们一单就有几十份。"

"就是姓朱的他们?"

小楼点点头:"我表妹现在和他们混得很熟,她还有同学也在外贸学院,到处发展潜在客户呢。"

"这不是蛮好嘛?"

"累死我了,我都成私房菜馆了。不过,周末她会赶来帮点忙。"

小楼嘴上抱怨,心里其实挺开心的,店铺要维持收支平衡非常不容易,租金涨得很快。有次去店里等小楼下班,发现朱默林正在店里与朋友吃东西,他冲我点了点头。现在穿得比以前规整多了,至少没再见他穿着睡衣到处晃悠。

小楼悄悄告诉我说:"那个姓朱的小子,他现在交女朋友了,上次带来店里吃东西呢。"

"不错啊,照顾你生意。"

"他还跟我打听你。"

我疑惑地看她:"怎么讲?"

"他以为你在我店里打工,还说送外卖怎么老不见你。"

"看来我得考虑一下,毕竟多一份收入啊!"

小楼耸了耸肩膀:"他有时一大早带十几份早餐,要是有人送的话应该有小费吧。"

"我得想一下是骑自行车还是踩滑板送了。"

这时,朱默林吃完了正和朋友往外走,顺便撕了张纸条给小楼:"如果不是发现这家店,我们就都饿死了。"

我瞄了眼纸条上的内容,不禁道:"你自己来取吗?"

他点头,很快和朋友走了。

我和小楼走出店铺时已暮色苍茫,她难得早关门。

仲夏夜,夜色温柔,车水马龙的街景,小楼说:"从前的日子好像过得很开心,深刻的不多。现在,每到筋疲力尽地收工回家时,我才感觉到了真正的平静。"

麻辣小龙虾

原料：

小龙虾、生姜、大葱、大蒜、干辣椒、花椒、啤酒、耗油、豆瓣酱、鸡精、味精、胡椒粉、白糖、食盐、香油、食用油

做法：

① 小龙虾去肠线，用盐水洗净。生姜、大葱、大蒜切块备用

② 锅中倒入大量食用油，小龙虾变色后捞起

③ 留适量油在锅里，大火，依次放入生姜、大葱、干辣椒、花椒、大蒜炒出香味

④ 放入小龙虾、豆瓣酱、蚝油、白糖、鸡精、味精、胡椒粉、食盐翻炒

⑤ 倒上啤酒没过小龙虾，盖上锅盖，小火焖一刻钟后转大火收汁，倒香油拌匀

三年后的某个晚上，我收到好友发来的照片，她抱着个小不点，刚出生几个月，他拖着个吐舌头的男孩，两人穿着结婚礼服，幸福的眼神里含着泪光，在最后的最后，他们终于走到了一起。

"爱别人，也是爱自己。"她说。

三年前，夏天的夜晚，路边摊全摆出来了，行人被挡得几乎没法通过。

还没放假的大学生聚在一起看世界杯，通宵达旦地热闹。饭馆老板也是球迷，干脆把电视搬出来，桌椅都摆到路上，反正过了10点，除了夜猫子和吃货就没别人，开车来的根本找不到停车位。

我和芝芝兜转了半天也没瞧见卖炒面的小夫妻，他们可是不论刮风下雨都会出摊的，难道是被球迷冲散了？

一阵人浪高呼声，画面上正是凌空射门的镜头。我吃了一惊，险些一脚踩空，并不结实的桌椅勉强撑了我一下，总算跌坐在地上。一对父子球迷在看比赛，男孩骤然一声吆喝，我差点把手机扔出去，瞪了眼那对一大一小的男人

我回头又看了看，大的那个很年轻，现在当爹的越来越年轻了。小的那个歪着脑袋瞅了瞅我，立刻又继续关注起比赛。我问店老板有没有炒面卖？回答：有炒菜，还有麻辣小龙虾。

行，生意太好，见炒面赚不了几个钱，有生意也不做了。

路边摊的桌上摆着一盘盘漂着油花的炒菜，冰镇啤酒排了一排，地上也有很多，更多的人餐桌上是一大脸盆的麻辣小龙虾，隔老远就能闻到香辣呛人的味道。

突然一个精彩的传接球，人们呐喊高呼，激动地跳了起来，恰好芝芝挡住了身后那对父子的视线，男孩立刻爆发出："我没看到！我的视线被挡住了！"声音极度痛苦，简直难以想象。

骤然，不明之物飞速冲她砸过来，她躲闪不及，额头中招，捂着脸哀号，我赶紧上前去看，声音完全被淹没在呼喊中，好像被砸还不够惨，都欢呼看笑话来着！

"对不起，刚才实在是没留神。"男声在我们身前响起，芝芝捂着脸，我沉默地打量对方，正是那对父子，现在又觉得不太像父子。大的那个在附近见到过几次，应该还是个学生，儿子看起来倒有五六岁！

"怎么可以这样呢！"芝芝脸上有麻辣味，吊带衫上还有汤汁色，从肩膀一直到胸前划了条弧线，她手机偏偏这时又响了。

年轻父亲一手拉着他儿子，站在我们身旁。我找遍口袋也没有一张纸巾，闻到芝芝身上有一股麻辣味，她也没带纸巾。年轻父亲从男孩手里解救出纸巾，把剩余的两张纸都给她，店老板根本没空搭理额外的要求，忙着写菜单。

"要不这样，这件衣服我赔你，多少钱？"

几个只听了半句话的食客好笑地看我们几个，一边吃小龙虾一边笑得开心，咕噜咕噜的声音从喉咙里发出来，是旁人听不清的粗俗笑话。

芝芝憋着气不说，手机持续不断地响，没完没了。我想是不是该骂两句再走，顺便还要鄙视那几个思想龌龊的小人。年轻父亲作了个手势，等芝芝先接电话。

"死人，打这么久才接，你在干吗？"卞瑶大呼小叫的声音，我隔着耳机都听见了。

"我死在小龙虾里了，身上全是！"

"你太过分了！自己跑去吃小龙虾不叫我，绝交！"

"那你滚过来吃啊！"

挂完电话，那对父子安静地看着芝芝和我，包括刚才那几个龌龊小人。

卞瑶穿着热裤、吊带衫和夹脚拖鞋风风火火地赶来了，引起一阵不正经的口哨声。她全不理会，一坐下便问："我可是一路吞着口水跑来的——这是谁？"

卞瑶狐疑地看着那对"父子"，小的那个正对她做斗鸡眼。

芝芝大约还在酝酿情绪怎么发飙，刚才她冲手机吼的那几句，把这对"父子"吓着了。

我解释了下事情的经过，说："现在，他想请我们吃小龙虾作为道歉。"

"那不是很好吗！你们还有人要等吗？点了些什么菜，啤酒有没有？"卞瑶回头就去招呼老板，其他人面面相觑。

等菜上桌的那会儿功夫，年轻父亲做了自我介绍，他叫麦凯，小的叫尼克，6岁。

"你才几岁，有6岁的儿子了？"卞瑶惊道。

尼克一个劲地做鬼脸，麦凯说："他是我姐姐的儿子，呃……他来这里过暑假。"

"真难为你了，一边上学，一边替你姐姐带孩子。"卞瑶笑嘻嘻地说，暗示他像个奶爸，又转去问尼克，说，"你是小球迷呀？"

尼克用力点头，说："我爸爸是球星！"

我和芝芝互望一眼，都认为不可信，麦凯却说："尼克的爸爸在俱乐部踢球。"

"是球星吗？"我们异口同声地问。

"好几年前，尼克出生前他爸因为膝盖受伤已经退役了，他和我姐是在医院认识的，我姐是护士。"

"你很有耐心。"芝芝点评道。

麦凯是硕士在读，理科生，有个比他大7岁的姐姐叫麦佳慧。尼克2岁时，麦佳慧去了新西兰。

"她一个人去吗？"芝芝问。

"嗯。"

听起来怪怪的，我们三人不约而同看了看尼克，他正拿着一只小龙虾在努力吃，吃得满嘴都是酱料，两只手还不够用，吃得费劲时脱手飞了出去。刚才芝芝就是被小龙虾弹到了脸，眼角到现在还感觉辣辣的，她自嘲说："我才是辣妹！"

卞瑶是自拍狂，到哪都带着卡片机，新添了 lomo 相机后，炫耀地拿出来要拍。为了不使相机一起尝到小龙虾的香辣，卞瑶问店老板多要了几幅透明手套，像个专业摄影师般选取角度。喜欢躲在麦凯背后做鬼脸的尼克，等着看相纸显影，一看相片上除了芝芝和麦凯对着镜头笑，根本没有自己，噘着嘴说："我在哪里？"

"你在妈妈的肚子里。"卞瑶随口一说，差点把芝芝噎着，我低着头继续吃小龙虾，实在憋不住偷笑。麦凯专心致志，继续剥小龙虾的壳，鬼使神差地把汤汁溅到芝芝脸上，她一边用纸巾捂脸，一边气得不行，说："你们两个都够了啊！"我和卞瑶在一旁笑得东倒西歪，她差点连手上的相机也没拿住。

麦凯说他小时候喜欢恶作剧，他前桌有个男生很讨人厌，经常欺负同学，有次上毛笔课的时候那个捣蛋鬼忘记带毛笔和墨。每堂毛笔课要写完两张字帖才能过关，毛笔课老师很不好惹，捣蛋鬼就到处借，催着同学快点写完借给他。麦凯很主动地要借给对方,其他同学都很奇怪,他们两个经常打架,居然这个时候会帮忙?

"你真的借给他了?"我问。

"不会吧?"卞瑶道。

芝芝喝了口啤酒,说:"关键的肯定在后面。"

麦凯笑了起来,耸耸肩说:"我写完后及时借给了他——"他停顿一下,尼克好奇地眼睛瞪得又圆又大,他继续说:"他刚写了半个字,就下课了。"

"然后呢?"我们异口同声。

"下一节课的时候,他被叫去办公室了,毛笔课老师气死了,问他:'你对我有什么不满呢?交上来的作业不写就算了,写半个字算什么意思呢?'"

一桌人都笑翻了,麦凯笑时眼神很亮,尼克的眼神有些像他。他招呼店老板结账时,我们说各自分摊,他不理,直接去付了账。

我们三人觉得很不好意思,毕竟是不熟的人,虽说芝芝是最该理直气壮的。卞瑶拍的相片不够分,她要带回去扫描一遍再发给大家,就和麦凯交换了邮箱。

尼克吵着不肯回去,一会抓着芝芝的衣摆,一会绕着麦凯闹。麦凯一把抱起他,说:"你说要出来看球赛,这么晚了还不想回去睡觉?"

"我要吃糖葫芦。"他不死心地说。

我们正要与他们道别,听到这句,芝芝说:"我知道有家店还开着。"

麦凯对她笑了笑,说:"他一到晚上就这样。"

于是,五个人分作两路走。

"芝芝是不是有点喜欢他?"卞瑶忽然说。

"好像是有点……人家可能已经有女朋友了。"我说。

"我觉得芝芝……"卞瑶想了想,忽然站住脚,说,"她是个一旦恋爱起来就很神经质的人,希望她遇见的人是个能对她耐心的人。"

"这点麦凯符合,他对小外甥很耐心,不多见。"

每当感情缘分已尽时,芝芝整个人就会面色憔悴,瘦得像纸片。她是那种前一刻还在黯然心碎,下一秒发现新的目标便会倾情投入的人,在感情面前,她越败越勇。她曾说:"爱别人,也是爱自己。"

几个星期后,她问我怎么自制小龙虾时,我忽然想起了那晚和卞瑶说的话。

"怎么想到做麻辣小龙虾的?"我笑着问。

芝芝当然听出了话外音,她的手指在桌上轻弹,像是内心的喜悦难以言说,只能借助某些音符来倾诉。

"他没我想象中的好,但他是个好脾气又耐心的人。他比我想象中的更好,他会在我失控抓狂时安静地等我恢复理智。"

"是他吗……麦凯?"

"嗯。"

那晚,芝芝一路陪着他们去找没关门的糖葫芦店,还没走到,尼克已经在麦凯的肩膀上呼呼大睡了。

"真谢谢你。"麦凯忽然说。

"谢我什么?"

"如果不答应他去买糖葫芦,他绝对能闹一晚上不睡觉,哪会像现在这样安心地睡着。"麦凯笑着低头看她,芝芝低垂着脸,像是被人窥破了心事。他说,"我在这里住了好几年,从没见过糖葫芦店铺。"

芝芝的脸热辣地红了起来,像刚出锅的小龙虾壳。尽管抱着外甥有些不方便,麦凯俯下了身细细地看她,说:"以后我们约会时,你介意我带着尼克吗?"

"他真的这么说?"我忍不住笑了出来。

"他真是个奶爸,照顾外甥尽心尽力。"

"我觉得很奇怪啊,为什么孩子的母亲,他姐姐会丢下孩子出去?"

芝芝犹疑了一会,厨房里我和她拿着牙刷刷着小龙虾,她说:"尼克是麦佳慧未婚生下的,她跟一个球员交往了一年多分手,尼克出生在国外,麦凯是唯一陪着他姐姐的人。家里的其他人觉得很丢脸,都不愿帮忙,麦佳慧独自抚养孩子,麦凯帮姐姐的忙,学校放假就送来这里由麦凯照顾。"

难怪,麦凯当时对外甥的事不愿多说。

在芝芝发给我的长长的邮件里,提到最多的是麦佳慧,尼克的母亲。她后来认识了一个条件不错的男人,双方在讨论结婚这件事时,男方家里不能接受麦佳慧未婚生子,两人结婚后尼克不能接到家里抚养。

无论麦佳慧怎么努力,男方家里对这一点寸步不让。万般无奈之下,麦佳慧把儿子留给麦凯照顾,每月汇钱。

芝芝家里对麦凯很满意,可当说到麦凯还要照顾外甥时,芝芝的母亲拉着她去厨房说话:"不会是他的私生子吧?你这傻丫头!"

"当然不是他的啊!我见过他姐姐!"芝芝哭笑不得地说。

当时卞瑶还跟我打赌说,最多僵持一年,肯定会同意的。然后两年都过去了,他们两个的感情很好,可芝芝家里就是不同意,最后意外发生了。

"还是奉子成婚比较奏效!"我说,卞瑶输我一顿小龙虾。

芝芝发的婚礼视频我和卞瑶同时在线看。

身穿新郎礼服的麦凯说:"我剪头发前会征求你的意见,肯定不留胡须,在你闹情绪时等你说完才去打游戏。"

白纱下的芝芝笑得眼角泪光闪烁,说:"我不纠结梦见你跟谁在一起,不会再对你失控抓狂,但我控制不了为你疯狂。"

卞瑶发个大哭的图像给我,不仅仅是画面里的人,每一个看的人都在擦眼角。

05

红辣椒烤猪腿

红辣椒烤猪腿

原料：

猪腿1000克，红辣椒、大蒜、盐、新鲜芜荽和鼠尾草粉末、花椒、香叶、桂皮、姜

做法：

① 在猪腿上挖10个左右小孔
② 红辣椒与其余作料一起捣碎、糅合，糅成辣椒糊
③ 把辣椒糊填入小孔，挖出的肉贴在周围
④ 烤箱上下220度烤半小时，注意观察色泽，每隔一段时间刷一次油
⑤ 出盘后依照口味蘸椒盐食用

我真希望他们快点分手!

从陌生变得熟悉,何其幸运。从熟悉变回陌生,这才是生活的艺术。

小棠看完《绝命毒师》后一直嚷着要做新墨西哥菜,她男友路易斯深受法国文化熏陶,对此不屑一顾。

路易斯来活动现场登记时什么证明资料也没带,连他公司在哪块区域也不知道,直接把他的法国护照丢在桌上,对我说:"这还不能证明吗?"

我那时不知道他是小棠的男友,只能无奈地沉默,替他到处打电话问人,好不容易问到了,路易斯还很不高兴,拿了入场证就走。

"你是怎么和他相处下来的啊?"我说,简直难以想象。

"妮娜介绍我认识的,"她想了想,又说:"当时我刚和男友分了,就先谈着呗。"

我和妮娜见过一面,那次聚会上她和男友阿晋坐在另一桌,我们这桌的女生都在说她的事。

"以前隔壁班的妮娜?"

"真是她呢,阿晋竟然跟她在一起。"

"有什么不好吗?"

"她很……很'作'的。"

妮娜留着垂肩的直发,束了一撮头发,用小巧的发夹固定,穿着碎花长裙，跟阿晋说话时俯在他耳旁轻声细语。听说她是学舞蹈的，毕业后在广告公司工作。阿晋是理科生，颀长结实，一个眼神清澈的大男孩。

"路易斯和妮娜才是一对啊！"我说。

小棠听了只是笑，说："两人每天一个说舞蹈，一个说艺术文化。而且，妮娜会轻声轻气地说话，路易斯能在气势上胜过她。"

对于没有安全感的人来说，爱是一种需要不断被证明的抓狂。

阿晋的父母在他年幼时就离婚了，年少时他性格孤傲自负，成绩很优秀，文理双优，喜欢他的女生很多。

我和阿晋曾是同学，但完全不了解他，班级里一部分人和另一部分人完全是生活在两个世界里，很多年以后虽然还记得这个人，但记忆是少得可怜。在我看来，阿晋有些孤傲难以接近，小棠则说："他是个很好的人，交错了女朋友。"

晚上路易斯要来小棠家见家长，她一早去买了条猪腿，决心要做红辣椒烤猪腿，她特别喜欢吃辣，在小臼里捣碎了十几个红辣椒。在成都时，她专挑私房餐馆吃饭，别人辣得直灌温茶，她吃得津津有味。

"为什么单单选这个？"我问。

"法式餐肥、浓、鲜、嫩，偏爱酸、甜、咸味，很少吃辣的，路易斯说想尝尝看。"

我仔细地看了看红辣椒数量，猜想路易斯被辣得满脸通红的样子一定很亲切。

小棠在红辣椒里加入大蒜、盐、新鲜芫荽和鼠尾草粉末，用小刀在猪腿上挖了将近10个洞，做好的辣椒糊塞入填满，挖出的肉贴在周围，每隔一段时间刷一遍烤盘中的油。

自从和路易斯交往后，小棠很在意着装上的搭配，她以前常淘一堆衣服、鞋子、化妆品回家，出门时依然找不到合适的衣服。路易斯给她灌输了不少巴黎时尚的观念，现在她的衣柜减轻了很多负担，不需要的扔了大半，相比从前，小棠有了潜移默化的改变。虽然在外人眼里路易斯是个难缠、不客气的人，但在小棠的心目中是个很完美的男友。

我见天色阴晴不定，便想告辞先走。

电话忽然响了起来，路易斯出差在机场，飞机航班延误，他说赶不及来吃晚饭了。小棠抓着电话说："我爸妈一会就来了，怎么办？"

"改天好吗？几点起飞现在还不知道，我不能让你们一直等着。"

小棠为了今天的晚餐花费了很多心思，这个节骨眼上有变，她满脸都是失望，可在路易斯面前她极力装作不在意，笑着说没事。

"你要不要通知你爸妈？"我见她沉闷地挂上电话，如果她爸妈一会来了，再一番问东问西，够她烦的了。

"上次也是这样。"小棠忽然说。

"他……"我迟疑地问:"还没想好见家长?"

"上次他说要替朋友去看一幅画,整整晚了一个星期才回来。这次,我都不知道该怎么跟爸妈说了。"

"看什么画? 他的工作和画好像没什么关系。"

"他出生在法国,接受过艺术教育的熏陶。譬如,聊吃什么没问题,天下大同,他说法国人在聊天时很喜欢聊艺术:你喜欢看什么书?你听什么音乐?你喜欢哪个画家?他们认为开口闭口说股票房子车子非常不礼貌。他替朋友去看画作《林妖的舞蹈》,其实他也很喜欢。"

小棠打电话给她爸妈说完后,情绪很低落。满满一桌的菜,光烤猪腿就占了一大块地方,她切了部分让我带回去,我闻了下,辣味合着烤肉的香味,明明肚子不饿,却已经非常有食欲了。

她家离公车站有段路,出租车也不开进来,我一边走一边看天色,担心到家时手上的烤猪腿被雨水泡了,迎面差点撞上一个人。

"嗨,你怎么在这?"对方问。

我抬头一看,穿着白衬衫的阿晋手上拿着一堆资料,戴着黑框眼镜,一脸书卷气,就像刚从图书馆复习完的学生。

毕业后,我在很巧合的场合下见过他几次,聚会那次他带着女友妮娜,大家不大会跟带着女友赴会的男生多聊什么,通常也就招呼一声。其余巧遇的几回,我和他远远看了对方一眼,本来也不熟,便没有刻意上前说话。

我想起小棠说他人很好,她难得这么正面评价别人,对阿晋,我似乎有了重新的认识,我说:"真巧,又遇见你了。"

他立刻笑了起来,眼睛清澈依旧,似乎也想起了从前的巧遇,说:"你怎么在这?"

"我来小棠家,"我拎起手上里三层外三层的食品袋给他看,说,"她做了一桌子好吃的,我有口福了。"

"这是什么?"阿晋眼神写满了好奇,眼珠子像玻璃弹珠。

"红辣椒烤猪腿,你喜欢吃辣吗?"

"喜欢啊!"他笑得很开心,说,"妮娜不喜欢,她只吃鲜嫩又不长脸的食物。"

听到"不长脸"我愣了一下,笑着说:"你怎么在这?"

"妮娜出差时把重要的资料落下了,我给她寄快件过去。"

走去车站的路上,他说:"这儿的公车很少,等上半小时是常有的事,搭出租穿过前面那条路,离地铁站越近才越有可能拦到车。"

"你真是细心。"我放弃搭乘公车的念头,一路向地铁站走去,忽然想为什么小棠说他交错了女朋友?接连几个妮娜打来的电话,一遍遍问他资料有没有拿到,会不会落下哪份,他仔细地跟她一份份核对,一边安慰她不要紧张,快件隔天就能到,会赶在她开会前抵达,像哄孩子一样哄她。

现在的他和曾经那个有点儿孤傲的男孩判若两人，我忍不住感叹："真难想象，你会这么哄女孩子，从前你甚至都不大高兴和女生说话，成绩很棒，表情很冷，女生不太敢接近你。"

"在你看来我是这样的人？"阿晋笑了起来。

"还记得隔壁班有个女生写情书给你吧？你不是交到老师那里去了？"那件事在当时非常轰动，女生们一致认为他不通人情，只有别班不知底细的女生才会主动接近他。

阿晋笑着摇头，说："这事根本不是传的那样，我必须得解释一下，你还和我是一个班的，都误会成这样，哎……当时有人把纸条放在我桌上，我不知道那是什么，我就在自修课上看了，没发觉老师正走过来，被逮了。这事传到后来就变成像你说的那样，居然是我去交给老师，害得那女生的班主任当众教训她。"

"可是当时大家都觉得你会这样做啊。"

"为什么？"

"你看起来……呃，自视甚高，不通人情世故，很难接近——"我看他是不是会生气，只见他清澈的眼神黯淡了。我忙说，"只是当时，那时才多大，现在你就不一样啦。"

"我不是……当时我不知道怎么跟女生相处，我……"阿晋停顿了下，没再说下去，妮娜的电话又来了，在电话里絮絮地说紧张开会的事，阿晋一边安慰她，又讲了很多笑话逗她。

我看地铁站快到了，走了一路一辆出租车也没看见，天气不好更难打车。我做了个手势要先走，阿晋讲完了电话，有些不好意思地说："妮娜很容易紧张，她一直想做个舞蹈演员，每次上台表演前心理压力非常大。现在她是客户代表，最担心无法给客户留下好印象，上次她去法国出差，紧张得差点把护照弄丢了，好不容易找回时错过了航班，我们本打算出去旅行，我和她都请好了假，结果她晚回了几天。"

"晚了一个星期？"我忽然问。

阿晋一怔，想了想说："好像是吧，反正赶不上旅行了，我当时手上工作也特别多，就跟她说难得去次，多玩几天再回来吧。"

"她喜欢画？"

"她好像提到过，柯罗？我不懂那些。"阿晋笑了笑，"妮娜很缺乏安全感，我能明白那种心情。"

阿晋在单亲家庭长大，当时班级里知道的人不少，妮娜的没有安全感或许让他想起了从前的自己，他看似的孤傲和难以接近，其实是缺乏安全感的信号？

等地铁时，我和他是两个方向，他站在我这方，听着远处地铁轰隆隆而来的声音，地铁进站前的窒息扑面而来，我真希望时间能停滞，屏蔽门上倒映出我和他的身影。

我说："要不是你当时看起来那么难以接近，喜欢你的女生真不少。"

阿晋愣了愣，眼神中有笑意，说："你那时也一样啊。"

地铁进站了,人来人往,吞没一切相识的和不相识的,时间蚀心,追忆成了斑驳的影子,像把利刃,尘封一切似是而非的存在。

阿晋和妮娜真的分手了,小棠告诉我时顺便把她的结婚喜讯告诉了我,她说:"我和她邻居那么多年,看一眼就知道阿晋不是她的对手。"

"她不就缺乏安全感吗?"

小棠笑了,笑声从喉咙发出,再从鼻子哼出去,"没有安全感的是阿晋,妮娜还有别的安全感。"

"你是说……"

"她另有别人,确定下来就跟阿晋分手了。"

"什么?"

"我亲耳听到她对阿晋说:'以后约会要提前通知,我要看日程表做安排。'不是我道德觉悟高,要看对什么人,阿晋不是那种男生,他很坦诚很实心眼儿,妮娜怎么忍心!"

半年后小棠结婚了,穿着红色嫁衣拍照,不知是胭脂的颜色还是因为喜悦,她眼角红红的。她说她婚后跟路易斯去法国定居,婚礼也在那边举行。路易斯来自一个大家庭,筹备工作需得有条不紊,加上他个性浪漫,她说:"我比较喜欢简约,我和他彼此能理解。"

"他会不会以后整天跟你谈论艺术什么的?"

"别相信他,还不是一回家就倒在沙发上看球赛,连屁股都不想挪一下。"

  人们难免第一印象看人,往往也容易看走眼,不到某个彼此交错的时刻,不会惊诧于这样的错过。

PART 2

饮食 → 男女

用音乐倾诉

用味觉忘记

用汤汁掩埋沧海桑田……

其实我们爱的

从来都不是食物本身

而是一起分享、一起经历的那个人。

茶叶蛋

原料：

鸡蛋10个、茶叶10克、八角3个、桂皮1块、香叶3片、糖少许、老抽2勺、酱油2勺、盐2勺

做法：

① 将鸡蛋清洗干净，先蒸熟，注意不要过熟，时间控制在8分钟左右，将煮熟的鸡蛋放入冷水中
② 预备煮茶叶蛋的原料，量多了可以反复煮，不会浪费
③ 勺子轻敲鸡蛋壳，入味，不要用力过度，加入茶叶，不需要用高档茶叶，茶叶香根据自己的喜好进行调整
④ 鸡蛋反复煮，焖上一晚上，第二天再煮一下，更加入味

当我和罗奚荔在谈论喝茶的艺术时,就顺便说了下五香茶叶蛋。

原因是罗奚荔旅行买回来的好几百块的茶叶被她妈妈用来煮茶叶蛋了,她又心疼又肉疼,最无奈的是她买了一整套工夫茶的用具,这下只有当摆设了。

前两天她亲戚家的熊孩子来玩,把她的茶杯敲碎了一只,直到现在一说起这件事,她还是咬牙切齿地恨。

"你为什么想喝工夫茶?"我问。

"我外公喜欢喝。"她轻声说,"小时候外公外婆带着我,爸妈工作很忙。外公喜欢跟人下棋、喝茶,家里有很多好茶叶,亲戚来做客,也要让外公品评孰好孰坏。外婆不大喝,她喜欢给我做好吃的,包括五香茶叶蛋,特别入味。"

茶叶蛋在很多便利店里都有售,煮在一个电饭煲里,紧挨着关东煮、玉米,吃起来稍微有些麻烦,用手剥壳一不小心酱汁会溅到衣服上,还非得找个地方好好坐下来吃不可。

"我小时候嫌剥壳麻烦,外婆就把剥好的放在碗里给我,外公吃蛋黄,我爱吃蛋白。"罗奚荔说。

"我也爱吃蛋白,连白煮蛋也是。"我笑着说。

炉上的水开了,我和奚荔各拿了个勺子轻敲蛋壳,直至鸡蛋表面出现均匀裂纹,重新放入水中,同时加入茶叶、八角和桂皮等。煮好的茶叶蛋要放置一晚上入味,时间越久味道越醇厚,茶叶选红茶最好。

"我们明天出去玩,你打算带茶叶蛋吗?"我问。

奚荔点点头,说:"买一大堆薯片、可乐、炸鸡块,那些不好吃。"

在美食上,奚荔偏爱中式口味,她对西餐类比较抗拒,各种碳酸饮料、果酒她几乎不喝,她从前常喝袋泡茶,喝得不过瘾了,又想着换工夫茶,哪知才开个头,就遭遇"重创"。

"你知道吗,罗奚荔离婚了?"某天,一个同学在线上问我。

从前的同学、朋友,分已婚和未婚的两派,关系比较微妙。

"因为什么呢?"我问。

"不知道啊,不是她那个圈子里的人。"说完,那同学就下线了。

罗奚荔20岁出头,她母亲开始到处给她物色结婚对象,男方的年龄不能比她小,40岁为上限,都在考虑范畴内。她说她的相亲过程好比电影《征婚广告》,每次见面的人都奇奇怪怪,仿佛逛马戏团,每次赴约前她又紧张又好奇,就等着正式见面时花样百出的事发生,回头拿来当作笑料分享。

对方说:"我喜欢女孩坦白,我这个人不喜欢别人骗我隐瞒我。"

罗奚荔答:"我也是啊,交往要坦诚。"

"像我之前的女朋友,明明爸妈在闹分居,我每天都送她回家,可她一句都没告诉我,一直到她生病住院,我才知道事情真相。这我就不能忍受了,为什么不可以坦白一点呢?"

"是啊、是啊……"

众人问她:"这男的是不是有什么不对?"

"你们继续听我说啊。"奚荔让大家别打岔。

男的说:"我不喜欢女孩子化妆太浓,之前一个女朋友每天要化很浓的妆,她来我家吃饭眼睫毛都快掉碗里了,我妈还很担心她看不看得清桌上的菜。我爸妈当时就很不喜欢,尽管我们都已经要谈婚论嫁了,最后还是不得不分开。"

男的说完,从皮夹子翻出自己以前的照片,比现在瘦些、非主流些,头发染成枯黄色,冲着镜头比兰花指,拗造型。他说:"我现在比以前胖些,那时候实在太瘦了,哎,我的青春岁月啊!"说时,恋恋不舍地合上了皮夹。

"他是不是很自恋?"一人问奚荔。

"还总是前女友怎样怎样的……"

罗奚荔想了想,表示很有可能,说:"最奇怪的是,我跟他话说到一半,他手机响了,他就说自己不会去接,他无法相信不坦白的人。"

"是那个他天天送回家的前女友?"

"是的。"奚荔笑了起来,说,"他说自己是那种做一件事就很认真的人,不会被别的事分心,手机一直在响,他就是不接。后来,我实在听不下去了,就对他说:'你还是接电话吧。'然后他就开始回消息,神情非常专注。"

"这个翻过去吧,再说说你别的相亲对象。"

罗奚荔眨着眼睛努力回想,说:"有个还不错的,在医院工作,我妈特别满意这个,我相亲完回家,她就问我情况怎么样?我也说不上怎么样,然后就说还可以,后来还出去吃过饭,我想感情慢慢培养起来也不错,怪就怪在这个人突然消失了,前两天我妈才告诉我这个人跟人私奔了。我就奇怪了,要跟人私奔怎么还来相亲,原来他之前有过婚约的,后来两家拿了八字去算命,说是八字不合,坚决不同意,他被逼着去相亲,没办法只好装模作样瞒着家里,其实早就打点好了!"

大伙不客气地哈哈大笑,一点没顾虑罗奚荔的感受,她笑得也很开心,继续说:"我跟你们说,相亲要去体会一下,然后……就不用期待然后了。"

那次出去玩,罗奚荔带着自制的茶叶蛋,我带着水果蔬菜沙拉,山麓下的石桌上还有很多牛肉干、虾条、午餐肉等,也有人带了很多水果干和糕点,花时间亲手做的只有罗奚荔一人,我的水果蔬菜沙拉没有技术含量,选对沙拉就行。

我们一行人去海宁,最先跑去看徐志摩故居,喜欢《人间四月天》里的每一句台词。罗奚荔说:"明知道结局,看到最后还是哭得很伤心,不是为了别人的爱情,是为了我们自己的,打动人的也不是爱情,是我们想而不得的好。"我当时不太明白她到底要说什么,是古老的爱情隽永流长,还是文人岁月里的荒凉与哀婉?

进入皮革城后,那点忧伤气氛全抛到九霄云外去了。几个小时后,提着战利品的一行人,直嚷着走不动路,便搭车去西山公园,找了个风景好点的地方吃东西。

吃过罗奚荔的茶叶蛋,大家一致认同比外面买的好吃。吃完后每个人都在找地方洗手,矿泉水根本不够喝,一时没找着洗手处,便像个嬉皮士一样沾口水用纸巾擦,时刻提防谁在这时按下快门,成了未来人生洗刷不掉的"丑态"。

晚上去饭馆吃完,便回旅馆休息,一天的行程满满当当。第二天一早爬起来去盐观,从小看《戏说乾隆》、金庸武侠长大的我们,对海宁最初的记忆便是乾隆出生于海宁陈家,金庸的故乡。罗奚荔喜欢诗人王国维,会写一手漂亮的繁体字,在自己精美的笔记本上用钢笔抄了满满一本《人间词话》。

经过金庸书院的门洞时,拜托游人帮我们合影,罗奚荔手上还拿一本书,仔细一看,是她的手抄笔记本。回去的路上看到很多特色小吃,吃惯各类快餐、膨化食品后,看见一缸的酒酿,我们买了很多做消夜。晚上又是打牌,一人捧着一个小小的茶杯装酒酿来吃,热闹到天快亮才睡了一会儿。

快毕业的时候,罗奚荔的相亲差不多已经有眉目了。她们都说,要么是一毕业就结婚的,要么是晚婚的,今后各自人生轨迹,走着走着,我们的旅行团就散了。

"早结的,没准早离了。"
"晚结的呢?"
那同学说吃饭去了,我猜她是不想说。

某天回家的路上,7点后的地铁很空,尤其快到家的那几站,从头望到尾,像蝎子的尾巴,弯来弯去奔向下一站。一个女子坐在我斜对面的位子上,头靠着一旁的把杆,随着地铁的晃动一摆一撞,我忽然觉得她眼熟,应该是认识的,却想不起来。

忽然,女子大约感觉被人注视,尤其在这么空荡的地铁车厢里,她有些诧异地向我看来。那一瞬间,我确定应该是认识她的,她忽然笑了笑,我们都不知该不该打招呼,我说:"罗奚荔?"

成年后,我们变得越来越严肃,跟从前的我们判若两人,某天在街上遇见似曾相识的人,也只能当作认错人了。

我不是怕认错人,通常在这种情况下不打招呼不是首先顾虑认错了人,更怕认对人后,对方却不记得自己,或许不愿意记得你了。

"好巧。"罗奚荔脸上现出倦容。

我坐到她旁边时,她对我微微一笑,说自己搬家后难得搭乘这条线,居然会这么巧。我们各自说着毕业后一些琐碎的事,谁嫁得好,谁嫁得远,谁嫁得最出人意料,快要到站时我提议要不要去喝点什么?

罗奚荔迟疑了下，说："好，我们真的好几年都没见面了。"

总是离你生活轨迹最近的人会常联系，从前无论多要好多投契的同学和朋友，在你不经意时你们已经分道扬镳很久了。

人，走着走着，就失散了。

我说工作上的事烦琐、冗长，一天天就这么过去，不需要想太清楚，有时觉得惶恐。

"跟婚姻一样？"奚荔的眼神里没有笑意。我能察觉出她神情尴尬，说出这句话时她自己也吓了一跳，只能赔着笑圆场。

"是啊，生活都差不多了。"

"以前我们中最不想结婚的那个，毕业后第二年就去相夫教子了，生了对双胞胎儿子，经常在空间里晒照片，原本又独立又强势，还立志要当女强人，现在完全是个幸福的小女人。"奚荔喝了口热的水果茶。这家店原本是快餐店，换过多任老板后，成了家风味很地道的西餐厅，奚荔一连喝了几口，说，"真不错，现在很难喝到这么纯正的水果茶了。"

"现在也很少吃到像从前一样好的茶叶蛋了。"我说。

她笑了起来，是真的开心，说："我有时还会煮，煮茶的时候偶尔会做些茶叶蛋。"

"你的茶具后来又配齐了？"

罗奚荔听了大笑，她一定很久没这么笑过了，眼眶里有泪，说：

"后来又被熊孩子砸了几个,我就索性重新买了一套,结婚前当作嫁妆一起搬过去,想着以后好好品评下工夫茶。"她顿了顿,又道:"后来离婚了,茶具全碎了,茶叶我带出来,全让我给煮了茶叶蛋。"

我一时不知怎么接话好,"你现在还好吗?"

"还好,和我爸妈住在一起,没孩子。"

说起那次去海宁的旅行,是我们几个离校前最后一次出游,那之后也说要再出去,可人一旦忙起来,就一直没空了,再后来谁都不提了。

"你手抄的《人间词话》还在吗?"

奚荔目光黯然了一下,说:"跟他吵架的时候,被他从楼上扔了出去……我后来想,他其实想扔的是我。"

听说她嫁的那个男人,在两人每次吵架时都会对她动手,清醒时又跪着要她原谅。道听途说之言,我以为是夸张过的。

从罗奚荔口中听到的实情,比传言更让人吃惊。她丈夫是个有些家底的小开,三代单传,从小倍受宠爱,恋爱时她觉得他比较自我,她母亲说她:"你不是也一样?"她觉得也许是她的问题。两家都希望他们快点结婚抱孙子,与公婆的相处有点儿磕磕碰碰,但婚后不住在一起,奚荔的母亲很看重这点,劝她:"分开住很重要,现在有这条件的不多。"

罗奚荔的妈妈希望女儿嫁得好,不说多有钱,至少殷实,不希望女儿像她一样什么都要担心。就在两家商量结婚时,罗奚荔的外公去世了,这是她第一次经历亲人的去世,她说:"生命太轻了,走着走着就散了。"

她眼眶红了,我找出纸巾给她,她伸手接过,颤声说:"别人都以为我是因为离婚的事,他把我赶出家门,把我的东西像垃圾一样从窗口扔出去,让我滚……这些都会好的,会过去的,以后你会明白,生活就是狗屎,不到你摔惨了就不会感激涕零你曾拥有的。"

"他是疯子吗?为什么这么对你?"

"我和他结婚,我们的生活由我们自己决定,可他要过他母亲认可的生活。他爸妈急着抱孙子,我说我刚换了工作,这个时机不好,而且两人工作都忙,他一天到晚应酬,经常喝得三更半夜回家,他能承担起做父亲的责任吗?他说这些不重要,生了孩子他爸妈会负责带,要不我辞职。结婚之前,我还想过当全职主妇,结婚后我完全不考虑,他母亲经常挂在嘴边的是我用了他们家多少钱,他从来不会替我辩解一句。他们是一家人,我是外人。"

"你爸妈怎么说?"

"我妈说忍一忍,我爸当时生病,没告诉他。"罗奚荔叹口气,说,"最后那次吵架,他动手打我,把我从家里推出去,大楼里的邻居都听到了,没人出来说一句话,我身上没带钱,就出去借电话打给我妈。"

我们聊了很久,离开餐厅已是深夜。罗奚荔看起来开心了很多,她大约没告诉过别人这些事,我们一路走一路聊念书时的糗事,她开心地蹦了几下,说:"小时候我常看外公跟外婆因为煮茶叶蛋的事吵来吵去,我外婆每次拿错了茶叶,我外公就说:'这老太婆又把我的好茶叶拿去煮茶叶蛋。'我外婆听见了就会说:'这死老头子,天天等着我煮东西给他吃。'我就等在厨房的锅子旁边,太阳快下山了,西边一片红晕晕的,比胭脂还要红,我坐在夕阳的晚霞里,开心地等着好事发生。"

07

慢炖鲜蚝

慢炖鲜蚝

原料:

新鲜生蚝、牛奶与芹菜各半杯,一杯浓奶酪、盐、白胡椒、若干软化奶油,不甜的雪莉酒一匙,磨碎的洋葱一匙

做法:

① 先过滤掉一部分鲜蚝的汤汁,倒进炖锅。汤汁煮沸后,撇去泡沫,使汤汁保留在微温状态

② 将鲜蚝和一大匙磨碎的洋葱放入另一个炖锅,小火慢炖几分钟,注意观察鲜蚝边缘卷曲

③ 在汤锅里,加入牛奶和切碎的芹菜各半杯,用中火煮几分钟

④ 拌入一杯浓奶酪,加热至沸点后将汤锅从火上移开

⑤ 倒入微温的鲜蚝汤汁,同时放入鲜蚝、一大匙不甜的雪利酒,加盐和白胡椒调味

⑥ 一排预热过的汤碗,每份汤上加两小匙软化奶油,尝试时,还有浓汤薄脆饼干

叶绘是小楠的女朋友，弹的一手好钢琴，文静、纤细、敏感，气质出众。

小楼说起这位未来的弟媳时语焉不详，总好像还藏着些什么，我说："你弟弟是该有个女朋友了，总不能和你一样吧。"

她气得直瞪我，说："她不吃肉，有腥味的东西几乎都不吃，那么瘦，还拼命地节食。"

"很多人不是都这样吗？"

"她喜欢吃生蚝，生吃都没问题。"

"生蚝确实很好吃啊……"我想到了另一件事上，狐疑地打量了下小楼的表情，她歪着脑袋不知想些什么。

突然，她说："生蚝是助性的。"我和她都沉默，过了好一会儿，她终于忍不住说："我可看不出我弟有这出息。"

这姐弟！我装作没听见，不搭她的话。

小楼租下隔壁的店铺后比任何时候都缺资金，厨房里昼夜不息地在煮东西，她把能发动起来的人都招来帮忙，她妈妈帮她清洗材料，她爸爸偶尔充当下手，小楠被她赶出厨房，有他在还要多出只手阻止他把食物吃光。好几个月没见，明显觉得小楠圆润了不少，坐在沙发上皱眉头，正在和女友通电话。小楼反倒瘦了，手上又是勺子又是刀子的，我站在门口跟她说话。

"一会叶绘过来吃饭，你看看这些生蚝怎么样？"

"挺新鲜的,生吃吗?"

小楼表情鄙夷地看了眼客厅,小楠这会儿笑得很开心,忽然从沙发上蹦起来,跑出去了。

"你有什么好主意?"

"胡椒浸生蚝?"

她赞同:"用盐和白胡椒做调料,不加任何调味料,原汁原味。"

叶绘进来时,锅里还煮着白胡椒碎,听说特意为她准备了喜欢的菜,她显得很不安,拉着小楼说话,小楠陪坐一旁。叶绘和小楼描述中的差不多,肤色有点儿透明的白,仿佛可以生吃的生蚝,她的吸引力是骨子里透出来的,多一点修饰都是累赘。

由于第二天要出门,吃完饭我便告辞了,小楼与我一起下楼,留他们说悄悄话。

"我不看好他们。"她突然说。

"弟弟早晚要结婚的啊……"姐弟间再怎么吵架,感情还是深的,何况还是双胞胎。

"你看我弟那傻样!叶绘是个有故事的女孩,很聪明也很内敛,我弟不懂那些,他根本不了解人家。"

女孩子长得漂亮,没有些小故事怕也没人会信。

收拾行李时我扔了一册《约翰·克里斯托弗》在包里,准备飞机上看，每隔几年我会重新看一遍。忽然从里面掉出几张纸条，字迹有些模糊，还印有油脂、水渍的痕迹，内容大约能分辨出，不像是我写的，起码我很少会一笔一画写得这么端正，一眼看去跳出几个"蚝"字。

我想起有一次聚餐会上，正在一口一个吞生蚝的商务男大声说："男人应该多吃生蚝。"

"是啊，法国人说这是'海中牛奶'，增强消耗掉的精力……"

"它的蛋白质和微量元素，有养肝益肾和养血生精的功效，消耗大的话……"

餐会上的海鲜并不多，每每端上便很快见底了，对海鲜的鲜美委实难以拒绝。擅长吃生蚝的人认为，只加柠檬汁带着海水咸味的生蚝是大海的恩赐，任何其他的烹饪方式都不能接受，因为那简直就是糟蹋。一对在海边长大的男女表示赞同，更多人喜欢吃碳烤，用蒜蓉、姜末等佐料去掉生蚝的腥味，吃起来很性感。生吃对生蚝的水质及来源要求极高，含有重金属的别说品质，白捡也不能吃。吃惯法式菜的人喜欢芝士焗生蚝，法式餐饮中有芝士焗蜗牛，生蚝的创意来自于此，肥肥嫩嫩的生蚝搭配香浓的芝士，烤出芝士的奶香和生蚝的香甜，就像缱绻的恋人难以割舍。

去厦门的飞机差不多一个小时，天气很暖和，走出机场就有公车去市中心，城市不大，一趟车就能游览大半个城市。住在鼓浪屿上出行不方便,几天的时间也不大可能都待在小岛上逛,我对大金门、小金门的兴趣不大。

我在酒店放下行李后就直奔码头,岸上都是等着去鼓浪屿的游人,天气大好,阳光暖洋洋的,下了船跟着路标随处逛,不容易迷路。岛上的花园房像20世纪70年代的台湾电影,仿佛随时会走出一个林青霞。红色砖墙楼上,圆拱形的走廊,小时候常能看见这类房子,像是电视剧《十六岁的花季》里站在学生宿舍楼上,向楼下一张望,来的是白雪还是陈菲儿呢?选择民宿落脚的话,天井里有小花园、迷你咖啡吧。美食一条街上不仅当地特色诱人食欲,还有很多异地风味,游人熙熙攘攘挤满一条街。幸好不是假期高峰,离开特别热闹的美食街,其余景点很悠闲,买了门票不用等很久。

3月的厦门,白天很热,海里有男人和狗在游泳,拍婚纱的赤着脚,摄影师和化妆师们都穿着衬衫,衣服单薄,阳光之下一点都不冷。我穿着呢大衣和黑色毛衣,加上牛仔裤和长筒靴,简直像从另一个星球来的。道路高低起伏逶迤,很锻炼脚力,走在前面的一对母子,母亲正在教育儿子,用不太标准的普通话吓唬她儿子说:"你再不好好念书,我就把五指印按在你脸上。"

人气颇高的奶茶铺里,很多人留下了爱情箴言,我看了几张,字写得都很好看。怕自己字丑,丢人,就什么也没写,对着又重又好看的奶茶杯端详了半天,决定拍照给小楼瞧瞧。

岛上吃海鲜的人很多,除了度假游玩,专程跑来吃海鲜的并不少。我琢磨着是不是有特别的烹饪方式,做法基本上比较传统,越是新鲜的海鲜,越少讲究做法,搭配着素菜吃,每张桌子上摆得都很丰盛。我任意拍了几张照片,听到邻桌的人在谈论钢琴博物馆。

"真可惜,不能拍照。"

"介绍上说都是上百年的古钢琴,整个外壳是桃花心木制成,黑白键是用乌木、象牙做的,以前只有贵族家庭才有。"

被我用作书签的那两张模糊的纸条,我忽然想起是谁写的。油腻腻的那张是菜谱,歪歪扭扭的数字是张简谱。一个精通音律的人匆匆在随手拿到的纸上写了首曲子,聚餐会上闹哄哄的人群里,一个有些醉意的年轻人写了首歌给不知名的恋人。我很好奇,问他:"写给女朋友的?"

"嗯,不完全是。"

"你会作曲,你是音乐人吗?"

"不,我只能算个三流的演奏者。"

他上台演奏乐器,餐会上的人偶尔侧耳听几下,因为听不清,又转头继续聊房子、车子和年薪的话题,我坐的位子更听不清,猜想他是不是在弹奏刚才创作的那首曲子。

他下台时,有几个女孩上前和他说话,他一直在点头,脸上保持着温和的微笑,后来有人问他要联系方式,他写在了其中一个女孩的掌心上。

餐桌上的人不知因为什么在欢呼,喝多了的人油光红润。弹奏钢琴的男子转首对身旁的人交谈,侧脸轮廓分明,神态保持着默默的谦恭。他长得并不很吸引人,却有一种让人感到亲切的温和。

"你弹的是刚才写的曲子吗?"我问。

他拿出来看了看,说:"好像是的,你觉得怎么样?"

"哎,我什么都没听见,太吵了。"

他笑了,说:"我在一个酒吧工作,有时间来听吧。"他将地址写在了那张皱巴巴的纸上,我看也没看就收在口袋里,又有几个女孩跑过来和他说话,我便走开了。

现在想起来,他好像叫克里斯还是克里斯托弗,会钢琴和吉他。小楼常说吉他就是男人的撩妹神器,我说,"你也不中招啊!"

"我没音乐细胞啊,听久了耳朵疼。"

其实不是,小楼交往过既文艺又温柔的男友,以往的事她现在讳莫如深。在感情上保持一部分神秘感,魅力陡增。

克里斯演出的小酒吧我去看过一次,和朋友一起去的,酒吧没有想象中那么吵闹,来者轻声细语地交流,花费小贵,我和朋友各点了杯饮料。

"你是追星啊?"

"不是明星啊。"

"帅哥?"

"其实还好。"

朋友当然不信我,她看了眼台上的钢琴师,说了句模棱两可的话:"才艺和气质倒蛮平衡的。"我以为她是在挖苦,直到发觉她脸上认真的表情,手上轻轻打着拍子。

"刚才那首是《少女的祈祷》,这首是《月光》,常来这家酒吧,真的要月光了。"

尽管她说得比较低声,还是有人听到了,嘴角挂着古怪的笑意。

克里斯过来和我们打招呼,他很健谈,朋友一个劲地调侃他,他不辩解,反倒认真地点头,话题转到他女朋友,他有些笑着回避开,朋友逗他:"她是不是你的粉丝呀?"

"她更喜欢听些流行音乐。"

"她是你的缪斯女神吗?"

"嗯。"克里斯坦然地笑了起来,说,"她会做一手好菜,她在厨房时我就弹琴等饭吃。"

克里斯和女友是在朋友的聚会上认识,女孩假期回国探亲,两人在聚会上一见如故,时时刻刻都想和对方聊天、见面,相见恨晚,原本不知怎么打发的时间,突然变得争分夺秒,女孩离开时为他烹饪拿手美食,慢炖鲜蚝。

"一个用听觉让对方记住自己,一个用味觉留下自己的味道,你们是要浪漫至死,像《狂琴难了》那样?"

我斜了眼朋友,她说得可带劲了,克里斯并不在意,说:"我知道《狂琴难了》,有机会弹给你们听。"

我很好奇女孩做的美食有什么特别之处,"跟别的生蚝吃起来有什么不一样吗?"

"生蚝嘛,当然是恋人之间的秘密,你要知道那么清楚干吗?"朋友老实不客气地倒打一耙。

"真的没有吗?"我开玩笑地看了看克里斯。

他解释说这是道传统的美国南方菜,制作方法很不一样,怕我们听不懂,他把步骤、材料写在一张餐巾纸上,递给我们说:"不妨试试看,生吃和碳烤的吃法仿佛去参加普通约会时穿上合适的衣裳,而慢炖鲜蚝就像穿着性感的衣服去和恋人约会,站在镜子前又紧张又自恋。"

"像爱情刚开始时,一切看起来那么美好……"我越说越低声,发觉克里斯若有所思地点了下头。

我没研究过这份烹饪做法,现在拿出来看,餐巾纸碎成了几片。因为他叫克里斯或者克里斯托弗,还是个钢琴师,我便将这张纸条夹在《约翰·克里斯托弗》的书里。酒吧见面后,再次听到他的事是他辞职离开了,朋友说他得到了一份在乐团的工作,又说他去美国与女友团聚了。

晚上的厦门很冷,岛上的风吹在身上直冷哆嗦得直跳脚,我一路小跑着去码头等船,到底还是冷,回到酒店立刻给小楼发了邮件,和她提议用慢炖鲜蚝的方法。随后几天夜里着手破译起餐巾纸上的"源代码",小楼回复说很有兴趣,还提到叶绘要来家里吃饭,小楠这几天找了很多地方买新鲜生蚝。

结束厦门的行程后,我一下飞机就拖着行李直奔小楼的家。她站在阳台上冲我挥手,一进门便说:"东西都准备好了,我们开始吧。"小楠在一旁转来转去,好像很紧张的样子。我说:"不着急,一会儿有好吃的。"

小楼率先过滤掉一部分鲜蚝的汤汁,倒进炖锅。汤汁煮沸后,撇去泡沫,使汤汁保留在微温状态。我将鲜蚝和一大匙磨碎的洋葱放入另一个炖锅,小火慢炖几分钟,注意观察鲜蚝边缘卷曲,后将炖锅移开火炉。小楼在另一个汤锅里,加入牛奶和切碎的芹菜各半杯,用中火煮几分钟,拌入一杯浓奶酪,加热至沸点后将汤锅从火上移开,倒入微温的鲜蚝汤汁,同时放入鲜蚝、一大匙不甜的雪利酒,加盐和白胡椒调味。厨房桌子上摆了一排预热过的汤碗,每份汤上加两小匙软化奶油,尝试时,还有浓汤薄脆饼干。

叶绘来了之后,要进厨房帮忙,被小楼很坚决地挡在外面,"已经好了,你会喜欢这道慢炖鲜蚝的。"

叶绘的神情难以察觉地迟疑了下,"一道传统的美国南方菜?"

我没告诉过小楼这道菜的出处,叶绘居然知道?

叶绘不自觉地笑了笑,说:"我在美国生活过一段时间,以前就蛮喜欢的。"

饭桌上,叶绘的眼神很安静,嘴角挂着缓缓的笑意。小楼一直忙进忙出的,小楠开始喝第二碗鲜蚝汤,说:"就像热吻初恋情人的嘴唇。"

"连快要窒息了也不甘心放弃的缠绵悱恻吗?"我问。

小楠忙着吃,没空搭理。

"上次你说什么曲子来着,《狂琴难了》?听完就有这种感觉。"小楼忽然从厨房探出头来说。

叶绘抿住嘴,无声无息地笑了笑。

饭后,小楠送叶绘出去了。我也正要走,小楼说:"你相信我的直觉吗?"

我继续拖行李箱,她接着说:"她会爱上的人,是会让她又紧张又自恋的人,她和我弟在一起时那么沉静懂事,小楠不懂她这样的女孩。"

"你弟不就喜欢姐姐型的女孩子吗?"

我立刻被小楼狠狠地白了一眼,只差没被轰出门。

回去的路上,我想不起克里斯的长相。当时,朋友不停地调侃他:"嗨,克里斯托弗,你喜欢罗曼·罗兰吗?我喜欢勃拉姆斯!我觉得你肯定有一首专门写给缪斯女神的《狂琴难了》，文艺创作就是要狂乱地表现不能说出口的爱。"克里斯微微而笑，眼神中的忧郁一闪即逝，表情是疏远的。他推着桌上的杯，发出刺耳的刮擦声，他说："爱是漫长幽暗长路的一束火，不知从何而起，不知为何熄灭，我们只是走着，走着。"

我问："曲子是写给女朋友的吗"，他说："不完全是。"

他用音乐倾诉自己，用味觉忘记记忆，用温和经过沧海桑田。

08

红酒牛肉

红酒牛肉

原料：

精选牛腩块750克、红葡萄酒150ml、胡萝卜2根、培根4片、洋葱1个、香叶4片、迷迭香1匙半、百里香1茶匙半、番茄酱2匙

做法：

① 准备适量的盐、黑胡椒粉，腌制牛腩半小时
② 腌制好的肉块放一边，热锅倒入适量橄榄油，油温约六成热时放入切好的培根，煎至金黄时放入腌制好的牛肉块
③ 牛肉、培根煎至五成熟时盛出，热锅内倒入适量橄榄油，放洋葱粒、蒜末炒香，以及胡萝卜、番茄酱、迷迭香、百里香
④ 食材翻炒均匀后，放入炒过的牛肉、培根，以及150ml左右的红葡萄酒，加适量盐和黑胡椒粉，盖上锅盖，大火烧开
⑤ 小火慢炖一个半小时左右，加些迷迭香，即可完成

在阿K的生日聚会上,她跟我们讲了两个月前去参加婚礼的情形,立马有人指出:"两个月前你不是出去玩了吗?"

"对啊,怎么是参加婚礼呢?"

"不会是你自己的婚礼,还瞒着我们吧?"

阿K立刻招架不住,双手投降:"我真的是去旅行,也是参加婚礼,是我姐的婚礼!"

"你什么时候有姐姐的?"

"你不是独生子女吗?"

"信息量好多噢!"

损友们只要聚在一起,从不会把一件简单的事情简单对待,肯定会想尽办法地添油加醋,直到当事人急得火烧眉毛,才让对方把话说完,这是念书时就秉承下来的拿手好戏。

"我爸再婚后,我有个继姐。"

我看看她们,谁都没话说了。阿K也不在意地耸肩:"他寄机票给我就是希望我能去参加。"

有人想说点什么,但最后还是闭嘴了,阿K的家庭背景有些复杂,她母亲年轻时是芭蕾舞演员,在世界各地表演,生阿K前脚上受伤,后来只得放弃了芭蕾舞,在艺术团做指导老师。阿K的父亲是名门之后,家族很有背景,门第悬殊使得她母亲与婆家人一直有龃龉,加上阿K的亲哥哥发生意外夭折了,夫妻、婆媳以及双方亲戚的关系都变得如履薄冰，一桩极小的事都要拿来反复研究分析，最终以阿K的父母离婚收场。

阿K上小学起就不大看到父亲，长辈们都说他忙，经常要出差。当时尽管年幼，她也知道家里出事了，后来她母亲去国外赚钱，阿K由外婆外公抚养，幸好母亲娘家的亲戚们都很同情母女俩的事，轮流照顾她的生活。她舅舅开了间很大的餐厅，出手很大方，舅妈也很喜欢她，待她像亲生女儿。父母不在身边，她从小乖巧懂事，读书刻苦。高考后她舅舅把她送到国外留学，顺便看管一下已经乐不思蜀的亲儿子。

阿K的母亲前几年从法国回来，母女俩隔了八年没见面，其间大多是电话联系。她父亲再婚后一直没孩子，大概也觉得很难再有了，祖父母这两年开始对阿K这个孙女牵挂起来，常常打电话来要孙女去玩。

"你继母不能再生个吗？"

阿K撇了撇嘴："他们都当我傻子，不懂这种事。其实继母生过病，不能再生了。"她顿了顿，又说，"我妈告诉我的。"

我抓抓耳朵，轻声问："你去参加继姐的婚礼，你妈没说什么？"

阿K的表情变得有些意味深长，说："一开始她没说什么，不赞同也不反对，问我哪天的飞机。后来我舅舅不知道跟她说了什么，舅母也跟她谈了，她替我准备了几套衣服，让我想去就去吧。"

"你多久没见过你爸了?"

"从上大学开始,以前他每过段时间会来看我,带我去很好的餐厅吃饭。他问我好不好吃,我就说没外公外婆烧的好吃,他就不说话了。"

"念书时总听你说什么地方开了新餐厅,原来是这么回事啊,那时可真羡慕你,有这么好的爸妈。"

闻言,阿K脸色黯然,大家立刻白了一眼那个说话冒失的家伙,她也急了:"我不是故意的啊,不过当时真的很羡慕呀。"

"我羡慕你们,真的。"阿K说话的声音低了下去,像是在哽咽。坐在她身旁的同伴拍了拍她的肩膀,安慰她。她说:"我听你们说过年过节跟爸妈去哪里吃饭,周末爸妈带你们去哪里玩,平日在家和爹妈吵吵闹闹,我听着都觉得很开心啊。"

气氛一度变得尴尬,一人突然说:"你刚才是要告诉我们什么惊悚的内幕?这个才是重点,快讲快讲!"

"一会是你爸,一会是你继姐,到底是谁结婚?"

众人齐刷刷地将目光对准阿K,她挠挠耳朵,说:"是我继姐的婚礼,她结婚了,不过没结成。"

"什么意思?是婚礼当天新郎跟伴娘私奔了吗?"

此话一出,立即得到了一圈人的高度注目礼,包括周围座席上的偷听者。

刚才还一脸哀伤表情的阿K，一扫之前的阴霾，忍着笑道："别胡扯好不好！是结婚当天，婚礼取消了……"

"为什么啊？"

"我以为只有在电影里才会这么狗血。"

在我们七嘴八舌发挥想象力时，阿K说："继姐跟新郎认识不到半年，新郎比她大几岁，听说是继姐主动追人家的，继母希望她快点出嫁，从订婚消息一确定，继母就开始到处张罗结婚的事。我曾听到她们母女俩因为结婚的事吵了起来，我爸让我早些过去，说是让我去帮忙，也好跟她们熟悉一下，没准是想缓和一下局势。"

"你爸真有外交手腕。"

阿K并不介意，笑得很开心："继姐前面一个男友是有妇之夫，我在那边仔细打听过的，他们以为我听不懂她们说的话，我学过几年法语，非但能听懂，还学得不错呢。"

"你爸不是知道你有那个本事吗？"

"不，他不知道我去新加坡念书的事。"阿K看了看我们吃惊的表情，继续道，"我跟我爸一样，都会藏一手。"

"继续刚才的话题，是不是被新郎抓奸在床了？"

我突然发觉周围餐桌上的顾客都听得饶有兴致，连交谈声也轻了下来。

"是我继姐知道前男友，就是那个有妇之夫已经离婚了，她一下子又受不了了。"

"这才是八点档黄金节目啊!"

"受不了的应该是新郎吧,这节骨眼上被悔婚了,得有多郁闷啊!"

阿 K 只是深深叹了口气,眼神有些无奈。大约是因为无人理解她的心情和立场,都忙着关心狗血剧情。

每年 12 月初始,大街小巷的圣诞气氛就开始变浓了,公司里也开始进入过年前的预热阶段,有啥好年货纷纷出手抢购。

阿 K 让我替她带一瓶勃艮第红酒,我以为是她母亲在法国待了多年,喝不惯国内的酒,就选了瓶勃艮第佳酿带给她。去她家的那天,天空还飘着雪,我在她家转了一圈也没看到她母亲,心下有些奇怪。

"她过几天回来。"

"哦。"我心想她怎么不去外婆家过元旦?今天是平安夜,她平常很少一个人在家过节,因为她朋友很多,活动也总是安排得很满。

"你会红酒炖牛肉吗?"

"不会,"我说,"你妈教你的?"

"我手上的材料就差一瓶红酒,牛肉是一大早买的。"

今天的她有些神秘古怪,不知有什么心事。她手上拿着刀切牛肉,我一时也不敢仔细询问,整块儿的牛肉被切成大方块,我负责将大洋葱、蘑菇和胡萝卜去皮切块。阿 K 在锅里放橄榄油和黄油时,我把蒜头压扁，培根略炒下起锅备用。阿K将牛肉块和洋葱块放入锅里小炒，牛肉的颜色变了后加适量面粉，她搅拌均匀的时候，我打开了红酒，问："要整瓶？"

"嗯。"她肯定地点头。一手将蒜头、香草束（可以自己搭配，将月桂叶1片、西洋芹1段、胡萝卜条1小条、新鲜罗勒茎1小条全部绑在一起即可）、胡萝卜和蘑菇加入锅中，配上适量盐和胡椒粉。她说："要文火慢炖2个半小时，我们聊会吧。"

果然有心事，以往我和她一起研究菜谱时，她会表现得很急躁，今天似乎特别有耐心。

"我以前只在餐厅里吃过红酒炖牛肉，跟我爸一起吃的，我妈不太喝酒，我蛮喜欢喝红酒的，你带来的这瓶不错，我真应该让你多带几瓶。"

"现在还能下单的。"

她点点头，似在挣扎是否要说，她转眼看了看我，说："我有个朋友来看我，你陪我一起去吗？"

我猜得没错，她有心事了，随口道："见谁呀？"

阿K无聊地转着手中的茶杯，"在那边认识的人，没想到真的来了。"

"是你继姐婚礼上认识的？"

她神情变得紧张起来，视线回避地看着某处，我问："长得帅吗，不是蛮好的吗。"

"可如果他是我继姐的前未婚夫呢?"

我屏声静气地看她,她幽幽地转向一旁,静得出奇,整个房间都静得出奇,只有厨房文火炖牛肉的声音。

"他们都知道吗?"

她当然知道我指的不是我们这帮损友。

"我爸知道,继母好像也猜到了,我不知道继姐什么反应,她跟已经离婚的前男友破镜重圆了。"

"你们是怎么……发展起来的?"

阿K脸上红了起来,说:"我爸让我去跟他们一起吃饭,那天我在外面逛,去得晚了。进去餐厅后逮着一个服务生模样的人就问预定的座位在哪,那人就表情很奇怪地带我去座位,还干脆坐在我旁边的位子上。我奇怪极了,怎么这里的服务生可以这样,就想说他几句,他反倒问我:'为什么我以前没见过你?'我就回他:'你没见过的多了,走开,我要跟我家人吃饭,我爸很厉害的,不喜欢陌生人随便跟我搭话。'他笑得很开心,他出去一会我爸他们就来了,他竟然和他们走在一起有说有笑的,我这才知道他是准新郎。"

"还很会捉弄人。"

阿K的脸又红了红,说:"后来我陪继姐逛婚纱店、蛋糕店、逛街,总能看见他,继姐好像很不耐烦,我觉得她不喜欢我当电灯泡,好几次就没陪她出去,可她还是不开心,更不开心。我爸就来问我,是不是跟继姐相处不愉快,我说不是,但也说不出理由。"

"后来呢?"

阿K羞得站到窗口,想了好一会才说:"他来找继姐的时候,我就跟他保持距离,有时我发觉他在看我,我就瞪他,当时觉得这个人怎么可以这样,还是快要结婚的男人。后来听到继姐和他争吵,他问她最近怎么总是不接电话,她说布置婚礼的事太忙,忘记回。他走后,继姐和继母大吵了起来,她指责继母隐瞒了她前男友已经离婚的事,当她还没想好订婚的事,继母就把她要结婚的事发布了出去,让他们两个都很措手不及。"

"你继姐一直爱着那个有妇之夫?"

"应该是吧,继母迫切希望她快点结婚忘记那个害人精。"

"他们现在没结成,应该庆幸吧?"

"我爸反正没啥心事,但她们母女吵得不可开交,尤其当着这么多亲友的面,当时继姐一说取消,我继母就责怪地看了我一眼。我以为她知道什么,后来发觉她只是爱面子,这件事让她在我和我母亲面前颜面扫地,亲友们都知道了。"

平安夜里,窗外的小雪渐渐停了,屋宇、花坛、座椅上覆了层薄薄的雪纱,玻璃窗结了朵雪花形状的花纹,幽幽地盛开。

"他现在来找你了?"

阿K映在玻璃窗上的脸正在微笑，火炉上的牛肉应该快炖好了，她走去关了炉子，把煎好的碎培根加进去，一边问我："你喜欢重口味吗？"

我点点头，她又添了些番茄汁进去："这道红酒炖牛肉，隔天加热后更加好吃。"

"他几时来？"

"明天。"

满屋子飘着红酒的醇香，阿K端着盘子走出来，我找到了叉子，我们端着盆子在电脑前，她翻照片给我看，其中有几张是她在厨房里拍的，眼神顾盼生辉，是看着喜欢的人时的神采飞扬。我问："这几张是他拍的？"

"嗯。"

"这菜是他教你的？"

"嗯。"阿K塞了一大块在嘴里，含糊不清地说："我说以前在餐厅吃到过很好吃的红酒炖牛肉，他不信，还跑去买了很多材料下厨，他竟然手艺还不错。继姐是素食者，她不吃肉。"

"真可惜，放着这么好的厨子。不过，现在有你了。"

也不知道是不是红酒加多了，阿K脸上红了一片，"你不许告诉她们。"

"她们总归会知道的。"

"现在不许说。"

"这么 8 点档的剧情,你让我憋着不说,我会憋出病来的。"

阿 K 使劲咀嚼牛肉,我忙道:"你找我来打下手,这么美味的红酒牛肉发在空间里,那几个人精肯定会发觉有状况,哪里瞒得住啦!"

阿 K "唉"了一声,感情的心花怒放与品尝到可口的美食一样,无法掩饰发自内心的欢喜。

枣椰烤鸡

原料：

干迷迭香少许、干罗勒少许、嫩鸡1只（约800克）、柠檬汁（1颗）、洋葱1个、大蒜2头、橄榄油30毫升、黑胡椒粉3克、盐6克、枣椰若干、蜂蜜和肉桂适量

做法：

① 洋葱切块，大蒜去皮，柠檬切开挤出汁，在大碗里把新鲜柠檬汁与盐、黑胡椒粉、橄榄油混合均匀

② 用大锅将调料涂抹鸡均匀，腌制2个小时

③ 喜欢的蔬菜与腌制好的鸡一起放入烤盘，鸡在蔬菜上。

④ 预热200度的烤箱，下层或中下层（鸡位于烤箱中间），烤20分钟后将温度提升至220度，继续烤三刻钟左右，直到表面金黄。（烤时需要适时将鸡翻面2~3次）。出炉后，在鸡的表面撒上一些干罗勒及迷迭香粉

⑤ 枣椰、剩余柠檬汁、蜂蜜和肉桂加水放入汤锅煮，直至枣椰柔软吸收汤汁

⑥ 食用时鸡肉上盖一块枣椰，口感脆而香甜

"我们班上的女生分为四类!"

"哪四类?"

"第一种,接起手机只称呼对方'Darling';第二种,每次来接的车都不一样,几千块只能买双鞋;第三种,把男人当动物看;第四种,和男友分手都年把了,一想起来还会肝肠寸断。"

"你们什么学校啊?"

"艺术系,当然是艺术系!"

区若进入艺术院校后,经常负责给我们爆料,每次聚会时一定要逮她出来。

"那你自己呢?"我笑着问。

她瞪着眼睛说:"我是乖孩子啊!那么多课程,那么多东西要学——"

"还有那么多帅哥要看!"众人异口同声道。

她立即招架不住,讨饶道:"别这样啊,我每次发现有帅哥出没,不是都跟你们分享的啊!"

区若学校有演出时,会发门票给我们,小型的剧场,学生们自编自导的剧。胆大的女生身兼人体模特,摄影系、美术系里窝着一群"好色"之徒。

每个人都在争取更多的经历,演出时即便座席上没什么人也卖力地表演,谁都抱着"没准就被挖去演主角"的念头。区若属于娇小柔美的女生，不化妆，站在阳光下，青春逼人，放在别的学校，至少是班花级别，可在她班上，她差不多属于壁花。

原因？她不是那种忒能来事的女生。

观观很好奇地问她："你为什么想当演员呢？"

区若现在很注重化妆修饰，穿衣搭配，一旦出门，就想给人留下最好的印象。形体课老师对她说："你的外表，在镜头前太没表现力，运气好，演配角还行。"

"我有表现欲望！"区若说得很果断，大家都怔了一怔。

"怎样才算有表现欲？"我问。

"体会更多的人生，自然而然的诉求欲，"区若想了想，说："我想是这样的。"

观观后来告诉我，区若的男友周琛很不喜欢她报考的专业，主要因为当初想报考艺术院校的是周琛，区若陪他一起去，结果周琛落榜，区若考上了。

"现在两人怎么样？"

"还没分手，快了。"

我见过周琛几次，像个小阿飞的男生，脸上很少有什么表情，一张狭长脸，眼神很有几分狡黠，照理周琛考上的概率大些，不用刻意设计造型，就能客串《加勒比海盗》的角色，这是我们经常拿来打趣区若的。

观观时常会打电话问我去不去看排演,我说是不是会影响他们,她说:"不会,他们排练时特别好玩。有次他们排到凌晨,我跟他们一起去吃消夜,要不是第二天有演出,就去KTV唱通宵了。"

想做艺术家,不但要有气质、表现力,最重要的还是得有体力。

排练场地很陈旧,周围刷着色彩鲜艳的抽象画,一下子联想到生活在纽约的地下艺术家们,外行人看他们,一个个是生活障碍者。只有内行,才能看出哪个是真正"身怀绝技"。

"这地方是周琛找的。"区若说。

"他不反对了?"我笑着说。

"上次我告诉他后,他找了很多人帮忙。学校的排练室根本不够用,一个个都是厉害角色,抢不到啊。"

想到她说的班里四类女生,我问:"你是哪类?"

"她本来是第四类,现在介乎第一和第二类之间。"观观抢白道。

大半年里,除了学校的演出,区若没接到过别的工作,她每天忧心忡忡。班上的女生只要正常来上课,聊的都是拍戏、拍广告的事,见了哪些圈里人,她只能羡慕地伸长耳朵听。她说:"第三类才是真正的抢手货!"我和观观很好奇原因,她说:"第三类拍的多是广告,又赚钱又省力,她们很中性啊!"

跟什么表现力、表现欲望都无关!

排练场地有个厨房,基本的设施都齐全,连微波炉也有,附近没什么店铺,更别提路边摊了,来这排练得自备干粮。

"下周我进组拍戏去了。"区若啃着烤玉米时说。

"真的?"观观说:"之前没听你提到过呀!"

看得出,区若不怎么开心,她擦了擦手冲门外看了看,说:"她们来了。"

排练场外站着几个俏丽的身影,目测是第一、第二类女生,正和班长大柯说话,大柯长得人高马大,任何女生站在他身旁都显得小鸟依人,他对别人很热心,尽职尽责地做个大气的班长。观观有一阵子特别喜欢大柯,想让区若牵线,区若说他有女朋友。这事本来很快过去了,不知观观后来从哪听说了些什么,她对我说:"区若变得很怪,我现在越来越不懂她了。"

她和区若是小学起就认识的,我对区若的了解不及她清楚,问:"出什么事了吗?"

"她以前经常要我去看她排戏,自从我跟她说了那件事,她就不一样了。"

"那件事"一定是指帮忙牵线的事,大柯不是帅哥类型,很憨厚的一个大男生,观观以前交往过的男孩帅是帅,用她的话说:太面!太小孩!太幼稚!

女孩未必只喜欢年长一点的男人,但心理必须得成熟,大柯是北方人，热情憨厚又体贴会照顾人，观观知道他有女朋友后并没表现出多大的失望，反而释然地说："我以后就要找他这样的。"

我感觉这俩个闺蜜之间产生了微妙的龃龉，表面上她们还是好友。区若说她下周进组拍戏，观观便说要跟她爸去伊朗玩，她的专业是学波斯语，对波斯文化一直情有独钟。

观观当时说去旅行，一去便是一年多。区若进组拍摄后，我和她的联系也渐渐少了，偶尔在她空间上看到她和一些幕前幕后的大腕们留影，照片上的她有种精雕细琢的秀场观赏性，这是她说的表现欲吗？

观观的邮件里每次一定会提到波斯美食，身后的背景是山丘、野餐帐篷，异国风情的盛宴，穿着波斯女子的服饰，比着剪刀手冲镜头大笑，她写道：这个神秘的地方比想象得还要迷人。相机镜头聚焦在她手心、手背、胳膊部位上的精美图案，多数是树叶、贝壳、蝴蝶。阿拉伯女子喜爱金饰，她在阿联酋首都阿布扎比的首饰店时，亲眼看到妇女们买金饰时的阔气，下手就是十几二十多条，价格也不问。

我问她买了几件了？她说没有喜欢的。我忽然发现，不管她的服饰怎么变，她颈上始终戴着同一款项链，细看是制成瓦片形状的琉璃，打了一个中国结，色调好看却不知其意的挂件。

我和她没再说起过区若的事，流言蜚语观观大约听说过，她经常念叨的还是吃和穿，想回来开个网店专卖波斯风格的小物件。

她终于回来后,我和几个朋友同学去参加她的聚会,观观还在阳台上搭了个帐篷,勉强能挤进两三个人,我们都很开心,抓到一个就推进去扮丑拍照,还说以后可以和另一半试试,帐篷被挤得东倒西歪。观观拍手大笑,一边说:"一会我们吃枣椰烤鸡,我可喜欢这道菜啦!"

厨房里的鸡用橄榄油、柠檬汁、盐、胡椒粉和大蒜混合揉搓全部,再放入烤箱烤至表皮金黄。我问:"这还挺简单的,就是佐料有些不一样。"

观观神秘一笑,将一袋枣椰放入汤锅,加水、肉桂、蜂蜜和剩下的柠檬汁,加热至枣椰柔软吸收汤汁。端上餐桌时,我们跃跃欲试想切鸡块,观观笑着说:"还有一个人要来。"

我看看她们,都在疑惑是不是区若要来?

"区若的事听说了吗?"

"她和周琛不是早就分了吗?"

踏着疑惑声进来的,竟然是周琛。我和她们一样很惊奇,可每个人都笑着打招呼,"好久不见。"

从前的小阿飞染回了头发,修剪得很短,T恤外套牛仔裤,再加球鞋,他看到我们有些不好意思地点点头,似乎也很意外居然有这么多人。

饭桌上观观开心地宣布,她和周琛正式交往有两个月了,可两个月前她还在国外啊!

"你偷偷回来过?"我问。

她大笑,说:"当然不是。"手上摸着琉璃瓦项链,眼角闪着喜悦。

"这一年多的时间里,我参加的野餐会比从前加起来都多,成群成堆的人,越多越开心,唱歌、跳舞,人们热情又好客。去伊朗之前我什么都怕,想的全是石油、争端,人们保守、动荡、狂热,人和人之间充满矛盾,稍有不慎,就有意外发生。你知道吗,我对周琛最初的印象就像这样,区若认识他之前,我和他已经认识了,他当时跟人打架,手上在流血,像个土匪一样瞪了我一眼。区若会和他在一起,我觉得很奇怪,区若说喜欢他就像一场冒险,而我喜欢循规蹈矩地生活,可我不愿输给区若,报考语时我对她说以后要去伊朗,我爸经常往返中东,他很支持我。"

"你和她在暗暗较劲吗?"

"一直有。"

女子的友谊只有暂时的相安无事。我可以想象区若炫耀时的语气,她喜欢众星捧月的感觉,观观似乎不以为意,其实很有自己的想法。

"你知道吗,区若不该这么做,更不该瞒着周琛。我只是随口问大柯有没有女友,她说有,那个'女友'其实就是她。周琛知道后,说分手。她却认为这是我的错,她当时说去剧组拍戏是故意说给我听的,我也不高兴再去了,就说去伊朗,她以前嘲笑我波斯语学了也是浪费,我不敢真的去任何中东的地方。我不仅去了中东，走之前还跟周琛澄清误会，我不喜欢他脾气暴躁，一生气就打架，但从来也没诋毁过他。"

我最早见到周琛时，他身上穿着有很多骷髅头的T恤。昨天头发染成焦黄色，今天脸上多几道伤口，明天顶着个圆寸头招摇，他不是古惑仔，学习成绩还很不错，打桌球时总咬着根烟，嘴里没一句话是不带脏字的。只有心怀冒险精神和表现欲望的区若一眼看上他，我没问过区若，偶尔也会猜想周琛暴怒时会不会对她动粗？

观观和周琛会走到一起，源于那次意外的坦诚对话，他对观观说："今天你刷新了在我心目中的印象。"

"你以前在他心里是什么印象？"我好奇道。

"沉闷等死的那种。"观观没好气地说出来。

餐桌上周琛切好了鸡块，观观在鸡块上盖一层枣椰，每人端了一份，尝着未知的中东风味，鸡肉的香脆卷杂枣椰的香甜，仿佛开启了《天方夜谭》的冒险与浪漫。

我和周琛不熟，有些问题自然不会问，旁敲侧击地说："琉璃瓦项链真漂亮，你在哪买的？"

他做了个怪异的眼神，似乎在说"我知道你想问什么"，一旁伸长耳朵在听的人都想知道，却偏偏装模作样地在看照片，观观忙着找礼物分发，没有比这更好的时机了。

"愿我来世，得菩提时，身如琉璃，内外明澈，净无瑕秽。"说话时,他很满意我们脸上惊讶的表情,区若刚跟他交往时,为了替他辩解,说:"他很聪明的,不是只会打架啊!"没人信她。

没有考上艺术院校的周琛成了摄影师,他去中东拍摄时,已在伊朗的观观陪着他到处探访,许多她之前不敢涉足的领域也一路奉陪,如阿富汗、埃及、黎巴嫩等,沙漠、山丘、旷野的星空,周琛镜头里的观观像琉璃一样明澈。

再后来,区若拍了几部戏,小有名气,转行做了幕后,她似乎知道自己很难大红大紫,偶尔会和周琛合作,还说要给周琛办摄影展。

观观仍然往返于中东各地,周琛会陪她一起去,完成一次又一次的冒险,在周琛的面前,观观是真的有冒险精神和表现欲望。

旁人看不懂他们三人的怪诞关系,观观听到区若的名字时会异常地缄默,她和周琛的感情也许像琉璃般透彻,区若则是横亘在他们之间的霜,那么美,那么凉。

在变幻莫测的时光里,时间就像小偷,一点点偷走我们的无畏。

10

鱼子酱寿司

鱼子酱寿司

原料：

秋鱼子酱30克（品质根据口味调整）、海苔1张、黄瓜半根、火腿肠半根、沙拉酱适量、大米150克、寿司醋1勺

做法：

① 大米煮熟后倒入一勺寿司醋，翻拌均匀

② 火腿肠切成条状，黄瓜去皮，切成条状

③ 寿司席上铺一层保鲜膜，再铺一张海苔，把米抓上去，准备一只滴入寿司醋水的碗，手黏就蘸一下再抓米，海苔最顶端留白

④ 将黄瓜条、火腿肠条放上去，挤点沙拉酱

⑤ 卷完寿司后把保鲜膜撕掉

⑥ 用寿司席再卷一次，放一会儿后切段

⑦ 挤上鱼子酱，即可食用

戴菲菲的事很多人都知道，只有不认识她的人听说了她的事会觉得遗憾。

卞瑶告诉我说，戴菲菲爱上个有钱男人，男方是已婚的。

毕业后，我没再见过戴菲菲，她气质文静，人总是很瘦，怎么吃也不会胖。念书时，男生会注意她，却不会轻易和她开玩笑或搭讪。女生并不特别讨厌她，也不高兴接近她。她比我和卞瑶高一年级，是林黛玉似的女生，体育总是不及格，在体育课上碰见他们班短跑接力赛，所有人都在提心吊胆看她，连大楼里上自修课的同学也会探出脑袋来看。

因此，戴菲菲的出名并不全仗着她的外表，她长相清秀，永远一头长发披肩，她的班主任曾当着全班的面要她把头发扎起来，披头散发不像学生样子。女生们都清楚是中年女教师的刻薄，但每个人又很乐意看她什么反应。

一个太有原则的人，没人挑战下她的底线很没劲。

她从书包里找出块干净的手帕，上面有各种精美花卉图案，她扎完头发时会打个漂亮的蝴蝶结，所有人睁大眼睛看她，一整天，她走到哪里都有人注意她的后脑勺。一出学校她就解下手帕，整齐折叠收在兜里，第二天依旧披散着。她班主任在办公室说："戴菲菲这个小姑娘，成绩一般，心理很早熟。"

早熟在当时听起来意思就是读不进书，即便她从没有写过一封情书或收到过一封,但教师认定她思想早熟,比早恋更可怕。

有暗恋可烦恼的女生对她似笑非笑,没情书烦恼的女生对她几分同情。

我和她在漫画书店见过几次,我买的第一部漫画是《美少女战士》,此后用了十多年的时间才收集完整套,心心念念的《妖精国的骑士》就补不齐了,那时买了 12 册,跑了多家店打探后续,从来未果。戴菲菲那天也在店里,听见我跟店老板打听漫画书,她应了声说:"《妖精国的骑士》不引进啦。"

没有网络的时代,许多消息需要口口相传。那时只知一共 18 册,其余 6 册还没出,哪知数年后的新版本有 54 册,也不知戴菲菲后来有没有补齐?

"这套也不错,你看过吗?"戴菲菲指了指书架上其中一册。

我和她在漫画书店里聊了很多看过的漫画,她给报纸投过画稿,半年后在学生报上刊登,还很开心地拿给我看,我们直到毕业后还有联系。

"你确定吗?"我问,与其说卞瑶有张复杂的关系网,不如说戴菲菲是个热门话题。她是被默认的美女,站在校花堆里像幽静的兰花,气质脱俗。校花们懂得穿衣打扮包装自己,负责收情书并接受男生爱慕的目光,很多女生跟校花走得近,是为了自己顺带也能受到注目。

男生私下谈论哪个女生最漂亮时，会提到戴菲菲，她是天然去雕饰的花，站在人群里静悄悄的，像座冰山，生人勿近。她似乎也没有心仪过哪个男生。

"当然。她念书时有个比她大好多岁的男友，在学校外面的餐厅等她。"

"你是听谁说的？"

"不是听说，是我亲眼看见的。"

我看着卞瑶，确定她说的是不是同一个人，她郑重地点头，说："我没跟别人说，她那天也看见我了，之后让我不要告诉别人。"

"看不出来你还能保守秘密。"

卞瑶一脸嫌弃地瞅我一眼，"她跟我聊了很久，我发觉她人其实还可以，本来我就不喜欢那些老在背后说她的人。"

"你跟她现在关系还好吗？"我好奇地问。

"上次我和她见面，她告诉我这件事。"

学生时期的友谊很特别，两个不在一个班上课的学生也能站在教室门口聊很久，卞瑶和戴菲菲以前还是邻居，她告诉我关于戴菲菲的传言一大半是胡说八道，最爱嚼舌根的那个女生是因为喜欢的男生暗恋的是戴菲菲。

毕业多年后，尽管有的人已经记不清戴菲菲的名字，但都记得一个林黛玉似的女生，有些人说她长得像《倩女幽魂》里的王祖贤，也有说她是大众脸,跟谁长得都有几分像。

"她后来去日本学了几年设计,现在在广告公司工作。"

"她应该去拍广告。"

"是拍啊,做幕后,有个寿司店的广告就是她设计的,改天我们去吃吃看。"

优雅是一种自洽的生活姿态,是看过高山、大海的平静,眼界或许是高的,不轻易高调。

以前他们形容戴菲菲的漂亮是气质好,而现在的她出众得让人无法忽视,是走在人群里的大明星。

她仍然纤细,姿态款款,浅色的套装,穿细高跟鞋的双腿优雅地靠向一边,坐在她身前的男人捋着她鬓边的发丝轻吻,随后起身离开了餐厅。

我没认出是她,卞瑶一个劲地向我努嘴,我看了几眼,还是不明究竟。

"她是这个寿司店的会员,经常来这里吃饭。"卞瑶说。

"居然能碰上,真巧。"

晚上的寿司店里,除了我和卞瑶这桌外,似乎只有戴菲菲和那男子了,店开在幽静一隅的闹市区,附近的办公大楼过了下班时间后,这里像座空城,路上来往的车辆也不多。我和卞瑶特意挑周四的晚上来吃,周末时人会很多。

"是她告诉我的。"

离开的男子有些年纪,身材伟岸,浓密的黑发鬓边有些许银丝,举手投足间很有气势,这大约是戴菲菲喜欢的类型。

戴菲菲看到我们时,表情掠过一丝惊讶,很快微笑着走来和我们打招呼,说:"你们喜欢吃鳗鱼饭?我推荐你们尝试下这里的鱼子酱寿司,大多我们吃的都出自圆鳍鱼、鲑鱼、白鲑、鳕鱼,或是别的鱼类,真正的鱼子酱应该是鲟鱼卵,从俄罗斯或伊朗进口,它们就像黑色金子一样,很珍贵。"

"价格呢?"

我和卞瑶不约而同地看着她,她笑了起来,在卞瑶身边坐下,说:"国内也有,不比黑海、里海的鲟鱼差,也是很多国内西餐厅的货源。"戴菲菲招来服务生,轻声说了几句,服务生便走了。卞瑶与我面面相觑。

木板上一排玲珑可爱的寿司,红与黑的鱼子酱。颗粒肥硕饱满圆润,色泽透明清亮。黑色鱼子酱就是顶级的鲟鱼鱼子酱,红色的是大马哈鱼鱼子酱。最好的吃法是直接入口,口味偏咸,细嚼之下口感细腻。

"经过轻微盐渍的鲟鱼在唇齿间带着隐约的新鲜海腥味,感受到极致鲜美的汁液在嘴里爆开,不怎么咸,回味却带点甜,余味无穷。"戴菲菲说时,舔了下指上落下的一粒鱼子酱,"我在日本念书时,每次发了薪水都要跑去店里犒劳自己一次,穷学生的自我肯定。"

"鱼子酱是催情的吧?"卞瑶突然冒出句。

卞瑶一脸很认真的表情,戴菲菲对我笑了笑,眼神坦然柔和,说:"是的。很多食物都有催情的作用,譬如生蚝、芦笋、坚果、红酒、巧克力这些,男人最好吃虾、鱼、麦芽、海藻类、贝壳类,海鲜中有丰富的磷和锌。"

"磷和锌有什么用?"卞瑶问。

"看过《欲望城市》吧?沙曼莎拿了一小杯麦芽汁给一个男人喝,这能补充维生素E,磷、锌能增加性激素分泌物,生蚝含有高浓度锌,一个生蚝能满足男人一天的锌,鱼子酱富含皮肤需要的微量元素、蛋白质、氨基酸等,对皮肤的滋润、细腻很有帮助,护肤系列中和鱼子酱有关的就不少。"

卞瑶一脸百思不得其解的神情,我问:"那你刚才吃的是……"

戴菲菲当然明白我指的是什么,说:"他很喜欢这一类,每次出去吃饭,海鲜是必点项目,有鱼子酱就更好了。"

我还想再问什么时,见卞瑶眉目低垂,便住了口。

戴菲菲看了看我,心里已经明了,她的眼睛闪着光,一闪一闪的,像木板上的黑色鱼子酱,顾盼动人,难怪学生时代的她让女生感到距离,让男生心有执念。

她招来服务生结账,我和卞瑶提议分摊,因为不知道价格,都感觉很尴尬。戴菲菲表示会员卡能打折,而且她和店主是很好的朋友,享有专属优惠,"我也很久没有和朋友出来吃饭了,除了公司聚餐,以前的同学一个都没有联系。"她说道。

我心想卞瑶不是和她有联系吗?卞瑶转了转眼珠,说:"你工作太忙啦,想约你的人都约不到。"

"空中飞人也有停下来的时候,除了跟你有时还联系,没别的了。你现在不是忙着和男朋友约会吗?"

卞瑶羞涩地笑了起来,她和男友刚交往没多久,正待朦胧发芽。

"自从毕业后,我和你就没见过啦,你现在还好吗?"戴菲菲转向我说。

"还行,老样子。"

"我记得念书时看过你写的小说,现在还写吗?"

"偶尔,你当时还想当插画师呢。"

时光蔓延过空间与距离,某些碎片的温暖浸入尘封的记忆深处,难怪进入成人世界打拼后,学生时代便已成前世的记忆了。

我心想,很多了解不深的人的消息从各方途径而来,谁知真假,即使身边人的事往往也传得错误百出。世界对女人的评价就是爱情与家庭的成功与否,戴菲菲说她没有结婚的打算,她很小的时候就觉得婚姻毫无意义,她反问我:"跟一个男人睡在一张床,睡一辈子,生孩子、养孩子，日复一日，连今后几十年的自己也看到了。不光男人恐婚，女人也一样，那些一头扎进婚姻城墙的女人从没有自由过，她们恐惧自由。我不了解她们，她们也不了解我。"

卞瑶沉默不语，忽然接了个电话说先走了。正在热恋中的卞瑶无法接受戴菲菲的这番话，二十几岁时，恋爱对许多人来说是非常重要的。

我和戴菲菲一路走，一直没看到出租车，走去地铁站还有很长一段距离。说起从前看过的漫画，时间的生疏被拉近了，她问："现在还追？"

"不了，你呢，凑齐《妖精国的骑士》了？"

"在日本的时候找了很多店，买了一整套原版的带回来。他还对我说，我负责做妖精，他负责做骑士。"

这个"他"应该就是餐厅里先离开的那人，我附和地点头。

"卞瑶跟你说了，是吗？"

"你和他的事吗？"

"嗯。"

"她提过……"我观察她是不是不高兴被人背后这么议论，抱歉地笑了笑。

戴菲菲笑着问："她是怎么告诉你的？"

"只说对方已经结婚了，其他不知道。"

"我告诉卞瑶这件事,是因为她见过他,就好像卞瑶是我和他的感情见证人,我和他在一起很多年了,包括去日本留学,是他鼓励我去的,当时他要在那儿工作一段时间。"

"可他怎么娶了别人呢?"

戴菲菲的目光黯淡了,问:"在你看来,我是不是很贱?"

"只有了解你和爱你的才有资格评价你,急于骂你的人并不想了解你。"

她往前走几步,又停下来,说:"他有个青梅竹马的女友不能抛弃,因为她把一切都给了他,她知道我和他在日本时同居了,但仍然每天电话、邮件的等他,还突然跑来东京要他回去结婚。"

"你的付出呢?"

"感情和责任是两回事,他是这么说的。他们决定结婚前,我和他已经不联系了,过了两年他跑来找我,他说他受不了这样的日子,他和妻子已经分居了,准备离婚。他妻子知道他来找我后,大吵大闹怎么也不肯离婚。"

"他什么反应?"

"他住在公司,有时在我家,我一个人租房子。"

地铁里空荡荡的,仅仅几个人等在站台上,我和她搭乘不同的地铁线,下了电梯就要分别,她轻轻拉了下我的胳膊,说:"我不是非要嫁给他不可,跟他在一起这么多年,我想明白了一件事,我们每个人都是自由的,当你挣脱恐惧去看一眼天空,你会后悔自己从前的渺小和懦弱。有个喜欢的男友确实很好,他很体贴,很会照顾我,我就是贪恋和他在一起时的美好,除此之外,我还是我自己的。"

我心想,那些爱慕她的男生,究竟是怯于被拒绝,还是怕爱上以后不会有结果?

像极了

PART

3

爱情

很久以前

糕点师在制作饼干时，心中默念恋人的名字

倾尽着满满的爱意。

每一口都松松软软，入口即化

如爱情是人们心中的柔软。

纸杯蛋糕

纸杯蛋糕

原料：

黄油60克、细砂糖80克、中等个头蛋1个、牛奶50克、低粉120克、泡打粉1/2小匙、蓝莓30克

做法：

① 黄油室温软化后加入细砂糖打发

② 分次倒入蛋液拌匀

③ 倒入1/2牛奶拌匀

④ 加入1/2过筛后的粉类拌匀

⑤ 倒入剩余的牛奶混合拌匀

⑥ 剩余的粉类拌匀

⑦ 倒入蓝莓拌匀

⑧ 将面糊装入裱花袋后挤入纸杯内

⑨ 表面装饰3粒蓝莓，放入烤箱中层，180度，20分钟

小楼一时兴起买的烤箱，直到两年后才想起来有这回事。

晚上我去找她时，她满脸满手都是面糊糊，还冲我招手，我买了一堆烧烤摊上的烤串，她不以为然地皱眉，"怎么还吃这种东西？"

失恋的女人果然精力充沛，尤其前男友居然跟她的一个闺蜜是初恋，在订婚前那两人就这么私奔了。

她母亲每次打电话给我都让我劝她，一开始看她还挺正常，就是偶尔情绪不稳定，有天小楼告诉我说："那浑蛋一直在申请移民，他们从一开始就打算一起走。"原来是一桩"密谋已久的私奔案"。

我看着一团糟的厨房，"你到底在干吗？"

"你喜欢吃纸杯蛋糕吗？一整个太浪费，一人份的自己吃正好。"

我点头，领会她的弦外之音，想说些什么让她分心，她却说："像你这样就不错，早出晚归的工作，休息天就宅在家或者琢磨着去哪儿玩，没什么可多想的。"

我听得都不敢正视她了，她是殷实人家的掌上明珠，虽没显而易见的公主病，每次开口倒不让人尴尬。

"我烤完这一箱，你一定要尝尝。"她很有信心地说，还以为我没听清，走近冲我晃了下脑袋。

盛情难却，那晚我回家时拎着用纸盒装好的四份纸杯蛋糕。

我不知道味道如何，小楼不会厨艺，她前未婚夫倒是会做一手好菜，朋友圈里的人都羡慕她，除了她爸对这个准女婿不太满意外，每个人都觉得她傻人有傻福。

每次去奶茶店我都会顺道看下玻璃柜里的蛋糕，很漂亮，很诱人，但即使是最小的蛋糕也是8人份的量。切成小块后被挑走的速度很快，全民饕餮时代，美、味兼具的东西不会被轻易放过。

公司里的同事不时会讨论做芝士蛋糕的窍门，女人们最爱发现好店铺来个大肆采购，想着回家自制烘焙省钱又健康，一圈折腾下来，吃的是否健康待定，省钱是不可能的，所有材料都是原装进口，总体算下来价格比预订高档蛋糕还贵，权衡利弊，依然乐此不疲地挑战。某次一个同事过生日，带了自己烤的蛋糕招待大家，因为没有小盘子，就用一次性杯子代替，没有小叉子就用筷子，中午没洗碗筷的赶紧跑去洗。

"我尝到了一口浓浓的芝士味，跟我在外面店里吃的不一样。"

"全球购上买的，一开始还担心货不正宗，看来还不错。"

"你要买进口芝士，可以让她们问问客户，她们很多经销商店代理各种品牌的芝士。"

说话的人指指另外两个同事，她们专门负责进口食品的活动，同时，每年在团建活动上还会举办厨师比赛，即便对做菜不在行的同事，对材料的讲究、进口食品的口碑差不多都有些了解。

"是有做这方面产品的客户，但他们不一定零售。"

"过年的时候我们可以来个团购。"

"这个应该可以,我去问问他们。"

每年过年前,正是公司里发起大采购的时候,最受欢迎的是进口水果(车厘子和猕猴桃)、橄榄油、葡萄酒,比市场上卖得价廉,东西的品质也不错,每次送货人走后,前台处就会堆一大堆箱子,老板看见了主动表示下次采购也要告诉他。

惊喜最多的是车厘子,比市场上的价格优惠了一半,一颗颗都像一个模子刻出来的大个子,每个看起来都像健康又干净的酒红色宝石,咬在嘴里仿佛融化了的糖霜,果实饱满,富含水分,可以一个接一个地吞下去,不想停。

我买了一箱和小楼对半分,她尝了几个后忽然开始叹气,"我要是一口气都吃完,就什么也不能给蛋糕准备了。"

"还在做纸杯蛋糕?"

"嗯。我学了很多裱花方法,这些车厘子的外形真美,装饰在顶端非常吸引人。"

"像个骄傲的公主戴着酒红色的帽子,还有长长的流苏。"

小楼将刚烤好的纸杯蛋糕放到桌上,厨房桌上规整地放了不同类型的裱花嘴。据说看一个人对生活的品位,就得看对方的厨房摆了多少调味料。那如果只看见裱花嘴呢?

"我和他以前总为了很多事争执不休,通常是鸡毛蒜皮的小事,可他有个很好的习惯——会帮我系鞋带,所以每次吵架后,只要看到有鞋带的鞋子,就会想到他蹲下身在街上替我系鞋带的情形。现在,我只穿不用系带的鞋,要不是有几双鞋实在太贵,我会全都扔了。"

"你现在不是有了可以分心的事吗?"

"他讨厌吃蛋糕,跟奶油有关的都不喜欢,商量蜜月旅行时我说想去纽约的木兰蛋糕店(Magnolia Bakery),去看看最正宗的纸杯蛋糕发源地。我喜欢厨房里摆着丰富的美食,每样都很精致,如果他有朋友来做客,就能尝到我的厨艺。我不擅长任何事,连妈妈也说要不是爸爸宠着我,像我这样的人根本找不到工作,连生活都是问题,能找到人娶我就赶快嫁了吧,爸爸的事业将来会留给弟弟打理。"她有个双胞胎弟弟,叫小楠。

小楼的母亲是事业型的女强人,我一时不知该怎么安慰她,在这之前她很少谈论家里的情况。

某天我在街上看到一个似曾相识的人迎面走来,对方也转过头来看我。可能以前认识,但想不起来了,我在长椅上坐下时,他叫出了我的名字,我这才突然想起他是谁。

小楼的前未婚夫,嘉文。

他坐在我身旁的位置:"好久不见,真巧。"

"真巧,你怎么会在这儿?"

"移民的事搁置了。"

"为什么?"

我和他并不算熟,以前只见过几次。他是个温和的男人,五官清瘦,是许多女孩喜欢的单眼皮类型。但不知为什么,从看见他的第一眼起,我便觉得他和小楼早晚会分开。曾有人告诉我:"男人不能只看表面,表面上深沉神秘的人往往内心阴暗,一肚子坏水,外表看起来无所顾忌的男人,反倒安分一些。"

"我跟公司辞职前,他们给我升职加薪了,一年前的决定太仓促了。"

"你一直没走?"

"小楼知道,我们见过面。"

我应了声,小楼没有说是不希望让别人知道。要是有个你一直放不下的人,甚至伤害过你的人,突然回心转意来找你,就算明知不可原谅,还是会有忍不住想去见对方的冲动,不然怎会形容感情是飞蛾扑火?

周末我坐在咖啡馆里上网,其实是在赶工,为了多申请几天假期,一连串的邮件要回,家里来了一群莫名其妙的亲戚,顷刻间成了灾难片现场。母亲对我临阵脱逃很不满,但也只能笑着对亲戚们说我去公司加班。最主要的是我在等演唱会门票的信息,如果有人能帮我买到就得开始制订计划,出发去追星了。

手机响的时候,我以为是关于门票的事,却是小楼打来的,她换了手机号。

"那浑蛋来找我了,说他很想念我。他一个人在澳门出差,赌了几把,运气很差,喝了很多酒,在街上吐。"

"你听了心里舒服点儿没有?"

"他说心里很难受,觉得特别特别难受,他也不知道自己是怎么想的,他说他想我,想我陪他聊聊天也好。"

"你怎么想的?"

"我现在在澳门,你有什么想让我带的吗?"

"你会顺便去香港帮我买演唱会的门票吗?"

"我问他去不去,晚点回你。哦,我刷爆了他的信用卡。"

小楼回来时没有带门票,她是一个人回来的。

晚上,我买了炒面去看她,还有烤玉米,她有被我同化的趋势。当初被母亲认为没出息的小楼,她自制的纸杯蛋糕已经在咖啡店上架了,也不知她当初怎么一家家地去开口兜售的,换成从前她可拉不下这个脸。

她父亲的生意一落千丈,负债累累,从前还有几分闲愁的小楼,变得沉静内敛多了。

"他知道吗?"

小楼知道我说的是谁，点点头："他说在忙，晚点打给我。"

我和小楼都很喜欢电影《十二夜》，当女主角张柏芝问男主角陈奕迅："你还爱不爱我？"他的回答是："我在忙啊。"

有天，我打电话给很久以前的那个人，他接电话很快说了声"我在忙"，便挂断了。

千言万语到嘴边，便只能囫囵吞下。

夜里下起了大雨，路面上眨眼间便成了湿漉漉、油亮亮的一片。

"这次真的是彻底分手了吗？"我忍不住问她。

"我和嘉文从没谈论过分手，上次如此，这次也是。"

"他看起来很冷静很斯文，这就是他的风格？"

小楼敲碎几只鸡蛋在碗里，转身去找打蛋器："男人不会花时间来分手，他会无视你，去过自己的生活，直到你要求他说清楚。"

烤箱里是新鲜烘烤的纸杯蛋糕，小楼极其细致地裱花做装饰，我抱着一只大玻璃碗搅拌鸡蛋，她先后加上牛奶、油、朗姆酒和低粉。

生活一再地面目全非后，追求精美的食物成了对保持原有生活仅剩的办法。《绝望主妇》里的完美女人 Bree，竭尽全力地维持生活的完美，从小成绩全优，是父亲眼中的完美女儿，嫁给当医生的丈夫后，成功步入标准中产阶级的主妇生活，出入会员制的高尔夫俱乐部。有一双儿女，对家里的每件事都细致入微，不放过任何瑕疵。如斗士般时刻展现光彩照人的一面，却无法挽救自己的婚姻。丈夫出轨闹离婚，儿子没有同情心，开车撞死邻居后只想着怎么逃避责任，私生活一团糟，连女儿也成了单身母亲。Bree追求的完美生活仅仅是金玉其外下的一团乱麻，只有对厨房的掌控力，才是她寻找美好生活的精神寄托。

回到家已将近午夜，手上拎着一盒新鲜出炉的纸杯蛋糕。我剥开纸咬了一口，每一口都像是假日的味道，糖霜的口感正好，纯粹美式的纸杯蛋糕非常甜腻，还必须搭配黑咖啡才行。小楼对于甜度的掌握出乎意料地精准，我一连吃了两个，第一个糅合了坚果，香气十足；第二个上面是一层如白雪般覆盖的奶油，剥开纸，里面是猩红色的蛋糕，这让我想到妖娆的高跟鞋鞋底。

妈妈之前一直很好奇我从哪里买回来的，有天她帮忙照料邻居的孩子，孩子一直吵闹不休，妈妈便拿出蛋糕哄他。对着花花绿绿裱花精美的小蛋糕，孩子爱不释手，一边咽口水一边还舍不得吃。等孩子的母亲来了后，孩子闹着要去买很多很多带回家。我想，也许食物真的具有安抚人心的作用吧。

"你知道纸杯蛋糕是怎么被发明的吗？"

"不知道。"

"蛋糕店师傅无意间将剩下的面团做成了迷你蛋糕，没想到这种边走边吃的蛋糕立即大受欢迎，而且因为可塑性强，每年还有很多真人秀比赛,我也想去参加一次。"

"好远,在美国。"

"我的观点是一切都有可能,就算是下脚料也有可能成为下一个大热的美食产品。"

"对,就像生活支离破碎后,拼拼凑凑意外翻出了新花样。"我抬头看到咖啡馆玻璃窗外某个眼熟的身影,对方也下意识地瞥了一眼,便转头与身旁的女孩说话,两人亲昵地走了过去。

"是他?"

我低着头喝了口咖啡,小楼冷冷地瞅了一眼:"我认识他的那天,钱包被扒手偷了。我很伤心,因为里面有张很重要的照片。他和我在同一幢写字楼上班,见过几次面,他听到我在电话里报案,就问我够不够钱坐车回家,我那时一下子感动得说不出话来。最初认识的几个月,我觉得自己运气真好,他会下厨,不抽烟也不喜欢喝酒,更没一大堆不上进的狐朋狗友。"

"缺点呢?"

"我和他分手以后,才知道他身边从来没有少于两个女孩,他就像核电站,从不放过机会结识新的女孩,长着一张童叟无欺的斯文面相,几乎很少失手。"

我等着小楼说下去,尽量不做出惊讶的神情。她低声道:"那个初恋女友什么的,信口胡诌的,他可没那么怀旧。"

最终揭晓的结果和小楼本身很搭调,她就是有办法在一切看似正常的事件中爆出惊人反转。

"他是这种人?"

小楼说:"刚开始做蛋糕时,我花很多心思在装饰上,蛋糕烤坏了也不在乎,只要好看就行,他就像烤坏了的蛋糕上的车厘子,单吃水果很不错,等你吃了口蛋糕才会真正明白个中滋味。要不是曾经铭心刻骨,任何人都是面目模糊的路人。"

"他真的没再找过你?"

"男人经历过了,就不会再想起过去了。"

12

玛格丽特饼干

玛格丽特饼干

原料：

玉米淀粉90克、低筋面粉90克、无盐黄油100克、糖粉45克、盐1克、熟蛋黄2个

做法：

① 准备好材料，黄油室温软化，不要直接放入烤箱
② 鸡蛋煮到熟透，剥出蛋黄备用
③ 糖粉、盐加入黄油拌匀
④ 用打蛋器打到有点发白
⑤ 蛋黄过筛，拿手指轻轻压
⑥ 过筛好的蛋黄，倒入低粉、玉米淀粉（做其他口味时一起加入），做蔓越莓口味，揉好面加入蔓越莓，再揉匀
⑦ 用手揉面成团即可，装入保鲜袋，放冰箱50分钟冷藏，不要冷冻
⑧ 冰箱取出面团后分块揉圆，摆放整齐，10~15克一个
⑨ 大拇指在中间压一下，烤箱170度预热，上下火165度烤20分钟左右，观察上色，控制好温度时间
⑩ 喜欢甜品可在放入烤箱前挤上果酱，同样烘烤即可

"我不喜欢絮聒的对话,这就像是欲盖弥彰的借口。"

此时此刻,下了一整夜的雨,丝毫没有停下来的迹象,我和桃芝芝一脸困惑地站在凌荷家前的屋檐下,按着门铃,等她来开。

一个陌生男子凑上来按下通话键说:"我知道他在你身旁,我很想你。"

隔着门,凌荷把手表递给他,她穿着吊带衫和小短裙,头发有些湿,这大雨夜,她眼神疲倦,颈项和裸露的肩膀上有红印,脸颊红扑扑的。

男子接过手表,她转身让我和凌荷进去,便关上了门。一进屋,她对我们说了开头的这段话。

凌荷是桃芝芝法律上的姐姐,没有血缘关系,但她很喜欢这个姐姐。十几岁的时候,我们崇拜胆大妄为、无视这个世界规则的人,现在也是,可很少有人是在你了解她之后,还会继续喜欢她的。

那晚,芝芝和我走进凌荷的房间后,都有点儿别扭,猜想是不是会看到让人脸红的场面。情侣的私人空间里,处处都藏着另有所指的猜想。我找了张椅子坐下,眼神不敢随处看,芝芝又尴尬又好奇。

"我皮肤过敏,还在感冒中。"凌荷罩了件袍子在身上,两句话就把我们之前的疑惑打消了,"我一个人住,你们想吃我刚烤的饼干吗?"

碟子里码放着还有些热的小饼干,凌荷介绍说:"名字很好听:

玛格丽特饼干。"

全名是"住在意大利史特蕾莎的玛格丽特小姐（Italian Hard-boiled Egg Yolk Cookies）"，据说，很久以前的糕点师在制作饼干时心中默念着恋人的名字，将手印按在了饼干上。

凌荷的房间是花色图案的大拼接，花团锦簇，猩红色的棉被，趿着丝绒拖鞋，造型怪异的杯子，四周的衣架上挂着很多仿佛窗帘布一样的衣服，一堆堆杂志和书上有烟灰缸和烟，打火机如镇纸般扔在几张单子上。化妆台前眼花缭乱的化妆品，几撮亮粉撒在镜子上，还有口红写下的一组号码。墙上贴着几张她的黑白照，看似支离破碎的生活方式，乱糟糟地贴满了她的即时贴，找起东西来从一张桌子底下寻到沙发后的手袋，一个接一个翻一遍，终于找到喜爱的小物件，随手扔在了梳妆台上。

刚走进屋子，只觉得光线不足，橘色的灯看不清房间的布置，慢慢适应了，心想：怎么可以这样呢？

小时候无数遍想象以后有了属于自己的房间，要装点得花花绿绿，随心情变化。走进凌荷的小单间，像是走进了童年的梦里。

从芝芝口中得知，凌荷是他们家的"叛徒"，她从出生起就很叛逆，小学时三天两头有男生跑来家里告状，十几岁的时候和几个朋友跑去很远的地方参加试镜，她做起了平面模特，赚了些钱后开服装店，专卖她自己设计的衣服，刚20岁出头，认识她的人都叫她凌老板。凌荷的父亲是个传统的知识分子,看不惯她不务正业,自她一意孤行离开学校后,父女俩吵过多回,后面干脆不说话了。芝芝的母亲偶尔会打电话关心一下,芝芝跑来找凌荷通常是瞒着家里的。

譬如这次,芝芝瞒着家里说和我出去玩,其实是来姐姐家。芝芝的母亲当然不希望女儿跟凌荷学,凌荷是"坏女孩"。有次看林赛·罗翰的电影《坏女孩》,我问芝芝:"像不像你姐?"她手上正捧着《好女孩上天堂,坏女孩走四方》,百思不得其解,为什么遇见稍微入眼一点的都那么渣,好男生都是别人的?

凌荷不算美女,她既不柔弱更不温顺,连文静也谈不上,她和她的爱情一样,不等到隆重,没有开场之时。她外表颇有几分英气,波波头,身材纤长,换上T恤和牛仔裤,充满个性的眼神是摄影师最喜欢的封面女孩。

"门口你们刚看到的那个人,他叫陶禾。"

"江兹呢……"芝芝小声地问了句。

桃芝芝见过江兹一面,用她的话说:"帅得让人鬼哭狼嚎!"

"在养伤。"凌荷点了支烟,细细长长的外烟,味道很淡,氤氲的烟圈从窗户细缝里钻进了雨夜。"他们都是我的男友。"凌荷对我一笑,像是特意解释给我听的,我脸上的表情肯定很奇怪。男人脚踏两只船,会被大部分女人骂人渣,而同类会保持沉默;可要是换成女人这么做,不仅要被男人骂，还有相当一部分女人也要急着跳出来"秉公无私"。

我和芝芝面面相觑，猜想凌荷会不会告诉我们事情的来龙去脉，那个被关在门外的陶禾明明一表人才，是什么原因罚站呢？那时我和芝芝都只有十几岁，等着一幕惊天动地的爱情悲喜剧上演，没什么比这更让人好奇了。

凌荷选了瓶银色指甲油，"想试试这个颜色吗？"我俩积极地送上两双手，她说："事情发展到今天这样，还要从头说起。"

江兹的父亲和凌荷的父亲是几十年的老同事，因而他俩从小就认识，小学在一个班级上课，前后桌。女孩小时候长个早，她比江兹高大半个头，一吵架，揍他没商量，告过几次状后，他就再也不哭也不闹了，乖乖地跟在凌荷屁股后面，被其他男生欺负时，凌荷还会替他出头。

江兹的功课很好，考试成绩年级前十，从小是正太，老师、女生都喜欢他，他在男女生中都很吃得开。

念到高中时，凌荷认识了陶禾，那时她的心思全不在念书，她每天都想逃课，下决心要走，就一定能走。

陶禾家里是开影楼的，认识几个圈内的摄影师，凌荷去拍了几张照片后，便与家里闹翻跟着陶禾走了。凌父没多久娶了桃芝芝的母亲，父女俩变得更是疏远。

江兹是优等生，高中念完便出国留学，一次次打电话去凌家问凌荷的情况，好几次还是芝芝接的，出国之前他特意登门道别，也就是那次芝芝见到了江兹的真人，傻兮兮地一路送人家上车还舍不得离开。芝芝告诉我："要是有这么帅又这么优秀的男生跑来家里来看我，我就算病倒也要爬过去！"

凌荷在模特圈打拼了四年后，江兹学成归来，一下飞机就打电话给她。

今非昔比的凌荷，深感与他的云泥之别。

"怎么会有差距呢？你是时尚前卫，他是白衣学生啊！"芝芝冲口而出。

凌荷擦了擦手上沾到的指甲油，睃了眼继妹。

凌荷厌倦了圈内的反反复复，决意不再继续，陶禾筹资组建的公司正陷入危机，问她借了一笔钱。她问陶禾要回，他推三阻四地拖延，最后两人为此翻脸，陶禾到处对人诋毁凌荷的过去，连她早年母亲离家的事也没放过，骂她是个十足的贱人，只认钱，指着她说："像你这么贱的女人，谁会跟你好一辈子！"一向在圈里显得有些神秘孤傲的凌荷，顷刻沦为笑柄。

我和芝芝听得大气也不敢喘一声，面红耳赤，感觉是骂到自己脸上了，对女人的污蔑谩骂竟能到如此地步，凌荷缓缓地仍旧在手上涂抹。

终于要回自己的钱，凌荷开起了服装店，店面不大，货物大多堆在家里。日子起初过得很清苦，根本赚不了几个钱，每天起早贪黑，图样画累了就睡在工作台上，她说那段时间是她最开心的时候，这是她喜欢做的事，不用老被乱七八糟的人挑剔，她曾经一天之内被七八个造型师否决，理由是：太高、太矮、太胖、太瘦、太现代、太土气……

"可是、可是当时江兹不是回来找你了吗？"芝芝瞪大了眼睛，隐隐地着急。

"你想成为 Coco Chanel 那样的设计师？"我自作聪明地说，那时我与芝芝如何能明白凌荷内心的苦涩。

凌荷的小店经营得风生水起时，陶禾回来找她，厚着脸皮想把过去的事一笔勾销。

"你原谅他了？"芝芝吃惊地看着她，其实我和她心里也意识到一件事，陶禾不太可能跪在手表上央求凌荷的原谅。

"我爱过他。"凌荷涂完了我的手指甲，芝芝凑上来看。她平静地说："上过几次床后，就结束了。"

我和芝芝想问她，为什么不和江兹在一起，他一回来就找你，难道不是想跟你在一起吗？

话到嘴边，怎么都没问出口，凌荷似乎也刻意不去提他。

"你们谁想学怎么做玛格丽特饼干？"凌荷笑着问我们，"指甲油还没干透，看着我做就行。"

从沸水煮熟的鸡蛋里取出蛋黄,在筛网上用手指按压,成为蛋黄细末。软化的黄油加糖粉和盐,用打蛋器打发,直至膨松,加入蛋黄细末、低筋面粉、玉米淀粉,用手揉成面团,完成后冷藏一个小时。

凌荷的电话响了,她擦干手去接,声音很轻快地问:"好点没有?我烤饼干呢,想不想吃?"

我猜想会不会是江兹?芝芝伸长了耳朵偷听。

凌荷接完电话回来,看到我们的表情就明白了,点点头,说:"没错,你们猜对了,是江兹。我明天去看看他。"

"他怎么受伤的?"芝芝问。

"打架。"

"跟谁?"我就是要知道是不是心里想的那个答案。

"你们刚不是都照过面了吗?"凌荷斜了我们一眼。

芝芝给我个"我就说嘛"的眼神,我回她一个,"谁说不是呢!"

"芝芝,"凌荷忽然表情有些严肃,说:"你别跟我爸说这些事,尤其是关于江兹的事,他问起来也不要说。"

"可、可是以后总会知道的啊?"

"没什么需要他知道的,你认识了几个新朋友需要向家里交代吗?"

"我是说以后呀,你们结婚的时候!"

凌荷看着她,面无表情,"谁要结婚?"

"你们不会结婚吗?"我和芝芝齐声问了出来。

凌荷气得笑了起来,说:"你们两个言情小说看太多了,以后少看点,满脑子不知想些什么。他和陶禾打架住医院,我就要嫁给他侍奉他吗?干吗呀,以身相许啊,至于吗?"

"你们不是男女朋友吗?"芝芝急道。

"男女朋友过了。"

"你怎么不嫁他呢?"我问。

凌荷沉默。芝芝尴尬地看着我,我塞了块饼干堵住嘴。传说中的糕点师默念着恋人的名字制作的饼干,因为变化无常,生活更为美丽,每一口松松软软地入口即化,如果爱情是人们心中的柔软,为什么不在现实中发生呢?

"谁会傻得嫁给最爱的人?"凌荷说,起身去冰箱拿面团。将冷藏后的面团取一小块,揉成小圆球,在烤盘上用大拇指按扁,饼干出现自然的裂纹。做满一盘,放入烤箱烘烤。

"假如你在乎一个人,在乎得要命,你会把自己那些乱糟糟的过去告诉他吗?你瞒着他,能够隐瞒多久?你愿意下这样一个赌注吗?输了,你连仅有的也失去,你敢不敢?"

临走时,凌荷送了我们一人一袋饼干,香喷喷热烘烘的,揣在手上,又可爱又诱人,芝芝说:"没有人能抗拒这么有爱的小饼干,糕点师倾尽了满满的爱意,每一个都是恋人的名字。"

桃芝芝眼底闪着期待的光,我们无法明白凌荷的顾虑或纠结的事,那时,我们还不明白男女之间的微妙万千,总以为真正的爱情就是相知相守、不离不弃。

大雨过后,路面上亮闪闪的,我和芝芝一路走,一路拿着小饼干吃。

"他们真的不能破镜重圆吗?"

"凌荷真奇怪,我也搞不懂她是怎么想的,好像真的没什么人了解她。"

"她爸爸呢?"

"不,这点我很肯定。"

"你知道她妈妈是怎样的吗?"

芝芝眨着眼睛,似乎在努力回想支离破碎的记忆,"听邻居说,是跟人跑了,当时凌荷才两三岁吧。她妈妈回来找过她,有段时间家里气氛很怪,我听出来是这个意思,她妈妈好像遇到了什么事,我还问过我妈,被大骂了一顿。"

"你见过江兹,你觉得他人怎么样?"

"说话很有礼貌,那时他刚高中毕业,很高很帅,是女生会跑去篮球场偷看的男生。"

当时,总以为要不了多久,凌荷总会和江兹走到一起,爱情不就是百折千回,蓦然回首吗?每隔段时间,我还会跟芝芝打听一下,芝芝闭着眼摇头,一副非常遗憾的样子。

某天,深夜里,我一个人看电影《两小无猜》,突然明白了凌荷。

爱情在最初最美的时候,即便再小的孩子也懂得弥足珍贵,这是我们的,我们唯一的,我最爱的人是我最好的朋友,我怎么敢怀揣着失去你的风险?唯一能匹配我的是你的爱,致命此生。

"我就是喜欢结局美好的事。"

"可现实就是不完美的。"

我和芝芝偶尔还会提起凌荷,她如沉闷青涩岁月里的惊雷,划亮了天空,也让旁人看见了身外之世,此后无论遇见多么惊世骇俗的人与事,也不会忘记那个什么都没有,都会傻傻地羡慕别人的自己。

"就因为不完美的太多了,像我们这样的平凡人才要讨好自己一点。"芝芝悠然地说着,"她现在也不错,忙碌又充实地过着喜欢的生活,不委屈自己。"

印第安面包布丁

印第安面包布丁

原料：

吐司3片、鸡蛋2个、牛奶150毫升、砂糖适量、葡萄干、松子之类干果少许切碎

做法：

① 锅面包切丁，抹上黄油
② 鸡蛋、牛奶、砂糖搅拌均匀
③ 烤盘抹一层黄油撒上一层面粉，放一层面包撒上干果，再放一层面包，再撒干果，避免干果暴露在表层烤干
④ 将搅拌好的牛奶倒入烤盘，按抹均匀，使面包丁吸收布丁汁
⑤ 烤箱预热200度，入烤箱时转为170度烤上半个小时即可

烟花三月下扬州,我去扬州时,已经是十月中旬了。

柴雪在扬州等我,原本她和男友去旅行,结果中途吵崩,一边哭一边说人生地不熟,"肚子也很饿,没看到有什么店铺。"哭得很逼真,就是不太可信。

我上火车之前,她告诉我说:"还没等到回来,我和他就各走各的了。"

"为了什么?"

"只有跟一个人旅行了之后,才会真正了解对方,我现在是更加确定要和他分手。"

去扬州的直达火车要5个小时,而且一天只有一班,没有动车,更别说高铁了。火车上坐在我身旁的大妈一会摆弄这个整理那个,一会拉着周围的乘客搭话闲聊。

"一个人出门呀?"她稍稍提高了一下分贝。

我低着头想打瞌睡,有些后悔没乘坐动车先去镇江,再转大巴抵达扬州,这样可以节省很多时间。大妈自顾地说起她儿子考上某名牌大学,很孝顺很乖,平时不太玩闹,又问:"你什么学校毕业的?"

我塞了口零食,她继续:"城市里的人考大学很容易,我们那儿都是很高的分数考进去的。"说着,又摆弄起手上的毛线活,手和脸上的皮肤一样,深褐如橘皮,断断续续说她儿子的学习成绩和奖学金。

一下火车,我累得像被人捶了一顿,柴雪在市中心的商场等我,发消息说找不到能住的地方,我不信,她特挑剔的一个人,太贵的不去,太偏僻的压根不考虑,最好是闹中取静的中心位置,价格适中。我打电话给她,说:"扬州就这么大,你看着办。"

于是,我背着行李,与她约定了见面的地方。

扬州确实不大,火车站很气派,整个城市整洁干净,没有摩天大楼的压迫,路上交通通畅,站牌上看起来有很多站,路程其实很短。我背着行李下车时,柴雪正咬着块糖糕看我,笑着说:"住的地方订好了,走吧。"

国庆长假结束后,我才有了出门的打算,每次出行首要考虑的是人少。柴雪提议去扬州时,我想也没想就答应了,买了火车票后才知道事情真相。

"你想好了要跟他分手,为什么还跑来这里?我真以为你一个人在这啊!"

"这有什么!"她走在前面一点,指点周围各处的车站牌和美食铺,说:"我去吃过两家百年老店,真不错,其中一家有点小贵,另一家不贵,我要每天去那吃早餐。"

很久以前,还是穷学生的时候,常常向往住在人烟幽静的一隅,有个自己的单间,工作之外有闲暇的生活,还能挤出时间坐在窗前看外面的景象发呆。然而,挤不出的不是时间,是心境,对着屏幕上各种无聊垃圾信息地狂轰滥炸,对一切失去了耐心。每天,我唯独能在地铁上看20多分钟的书，那么多人同一时间挤在一起，日复一日，无处可去。

收拾停当，我跟着她去餐厅吃饭。比起杭州的诗情画意，扬州更俊俏些，那会儿看《鹿鼎记》，只以为是靡靡喧嚣之地。喜欢闲情雅致之地往南，扬州在偏北，童年时看电视剧《青青河边草》，对扬州有了模糊的记忆。

我连带地想起，几年前柴雪忽然失踪的那回，她家人到处打电话，我和她那时已很少联系，她住校，交了男友，分分合合，学生时代大家都在马不停蹄地折腾。那时手机还不流行，她舅舅从一本同学录上找到我家的号码，问我知不知道柴雪在哪。当时是晚上8点多，我一边翻着别的同学的号码，一边听她舅舅说她的事，她跟家里大吵一架，第二天出去后没再回家，原以为去了同学家，一圈电话打下来没人知道。

后来她是怎么回家的，当中发生了什么事，我没问她。那件事过去后，她寄了张卡片给我，圣诞节前夕很流行送贺卡，有才艺的同学自己动手制作。做学生的不知道圣诞节意味着什么，英语老师都是上了年纪的口语发音不准的老教师，他们自己也不能搞清。学生之间热衷赠送卡片，把平时不会说的话写上，让原本祝福的话变得另有一番生动，哪怕改天闹翻也至少有过这份友谊的瞬间。

那以后我和她偶尔打电话，聊聊各自的生活，说说那个最讨厌的同学的坏话，最喜欢哪一个，有好听的歌就在电话里放给对方听。我的零花钱都用来买书和磁带，录音机一旦坏了是我最头疼的事，新歌都从电台里知道，柴雪打给我时正播到李心洁的《爱像大海》，我和她惊喜地一言不发抓着电话听歌，放下听筒后立即跑去买这张专辑，看到专辑清新的封面时简直如获至宝：歌手身穿红红的衬衫，背后蓝天白云，凌乱的短发衬出一张清纯而茫然的脸。

"我最快乐的那些日子听的那些歌。"

"每次听都能把我带回那段纯粹的时光里，堆成山的课本，夕阳下金黄色的操场。"

那时我们坐在学校的草地上，她要去别的城市继续念书，带了一盒印第安面包布丁给我。

面包布丁我知道，但为什么是印第安面包布丁？我问她，柴雪笑而不答。

"我离家出走的那次，与一个朋友跑来这里，乘了好几个小时的火车，到下车时整个人昏昏沉沉的。"柴雪幽幽一笑，说："那时候一心想跟喜欢的人走，要成熟稳重，又世故，不像同龄人有点小破事就大惊小怪。"

柴雪喜欢吸引异性注意，她需要引人注目，女生不喜欢她，在背后说她各种坏话。男生或许嘴上不说，看她的目光很古怪，但会和她开玩笑，眼神带着轻蔑的冷漠。

男生联盟步调统一地将女生排除在外，在共同阵线上默契地彼此维护，女生没有联盟，受了委屈也极少想到维护，但会想着怎样融入男生，使他们注意，并接受她们。

"你在学校已经很受欢迎了，女生都在谈论你，男生也是。"我说。

走出餐厅，夕阳渐渐落下，秋日没有传奇，街上的车辆多了起来，金黄的余晖打在建筑物上，分外耀眼。

"她们从没说过我一句好听的，这我很肯定。男生，哈！他们羡慕球星、赛车手，他们按照那些标准来评价、挑选女生，女生却以为那是有深层次意义的。"柴雪抿了抿嘴角，像是在犹豫要不要说下去，"我父亲不喜欢我，他对我没有耐心。我觉得自己很糟糕，很怕让别人失望，每个愿意靠近我的人我都心存感激。男生很坏，他们看出你的弱点，就会步步紧逼，吃定你。男人天生懂得保护自己，只有女人才会傻得不顾一切。你知道吗？我不明白这是为什么！后来我父亲生病了，躺在病床上他开始关心我了，问我去了哪里，让我陪他聊天，我问他什么事，他开始有耐心了——"

骤然，尖利的刹车声把我们吓了一跳，一辆闯了红灯的自行车险些被撞上，她到嘴边的话硬生生地被截断了。

"你和他真的这样结束了？"

"是的。"

我正给相机充电,她玩着手机,痴痴地笑。

"你们不是挺好的吗?他看起来老实、木讷,脾气也不错,为什么呢?"

柴雪放下手机,叹了口气,表情无奈地说:"是很老实,我也相信他人可靠。可是……可是,他还没长大,怎么办呢?"

我想着她的话要怎么理解,问:"哪方面啊?"

柴雪哈哈大笑,然后开始细数这个极品前男友的"趣事"。

他们火车抵达后,他男友第一时间跟他妈妈报平安,从天气温差到吃住——禀报,入住酒店后,他发觉少带双袜子,就在电话上磨着怎么给寄过来。出发上火车前,就因为她男友迟到差点没赶上火车,她一个人在火车上气急败坏,跑到车门口随时准备下车,万幸,关键时刻他及时咬着车票追上了,肩上背着大包,手上还有沉沉的一袋子。

"到底是什么?"我不禁问。

"水果、花露水、蚊香、沐浴露……你能想到的日用品都有,还有他要吃的药。"

"什么药啊?要天天吃吗?"

"名字记不住,一种抗过敏的药,而且他晕车,在火车上一直闹不舒服。"

"他看起来没那么娇弱,你是不是夸张啦?"

"哼!你没看见他出个门,一会试这件,一会穿那件,麻烦死了,我就站着旁边等他,难怪他赶火车要迟到!"

"他在生活上比较依赖人?"

"他是脑筋短路,什么事都要问我意见,我快疯了!"

柴雪的男友我见过几次,长相白净,话不多,人很体贴也很有耐心,对柴雪身边的朋友很照顾。他俩刚交往时,她男友的贤惠让人好奇又有点儿羡慕,小女生时期喜欢酷酷的男生,成熟点后喜欢温柔能带回家给父母过目的居家型男人。

我感觉他俩应该是闹别扭大过分手,她男友心智上是个成熟的人,但似乎难以摆脱心理上的依赖。柴雪从未被人这么需要过,以往的男友对她有一堆这样那样的要求,可他们并不真的关心她,只希望她做到他们提出的。现任男友,大小事都依赖她的意见,这把她吓坏了。

次日一早,我们跑步十几分钟去吃早餐,空气清新,城市正慢慢醒转。

买了景点的联票,第一站就去瘦西湖。身上带了一堆食物去野餐,她很遗憾带来的印第安面包布丁已经吃完了,"都是他吃的!"

"你会做印第安面包布丁?"

"嗯。"

"是曾经的……那个人教你的?"

一个人影快步走过来,从我身后绕过,站在我和柴雪的中间。阳光刺眼,我手搭凉棚抬头看,柴雪冷哼一声,坐在一旁。

是她男友!

他对我笑了笑,从背包里拿出一盒东西,"我昨天做的,你试试看。"

柴雪瞅了眼,狐疑道:"你怎么找到我们的?"

"你手机定位一直开着啊!我们说好要来瘦西湖野餐的,这个季节人少,你不是喜欢光着脚丫在草地上吃印第安面包布丁的吗?我本来想买现成的,可是只有面包布丁,就去同学家烤了一个。"

他一边说,一边打开保鲜盒。我不关心他们为啥吵崩,保鲜盒还是热的,烘烤后的面包香一阵阵飘向我这边,还有松子、葡萄干等,我吃过装在小瓶子里的面包布丁,这么大一盒是头一回看到。我老实不客气地拿了柴雪男友带来的餐叉,切了一小块吃,每一口裹着烘烤后糖浆的面包都像白雪融化的温暖,糖浆是以肉桂粉和糖融化的。面包脆极了,坚果的香夹杂着葡萄干的甘甜。

我比画着说:"她不原谅你,我原谅你,你太贤惠了!"

柴雪做了个鄙视的表情,说:"你知道我和他因为什么事吵崩吗?你怎么不说话了?说呀,说出来!"

她男友看看她,又看看我,说:"在草地上午餐吃到虫子就算了,但光着脚很不雅观,有个女明星因为脚臭不是被黑到现在吗……"

"难怪我觉得昨天酒店房间里气味怪怪的——"我立即住嘴,只管吃。

柴雪气成那样，还因他们当时是在饭馆里用餐，他这么口无遮拦地说出来，周围好几桌的人都听见了，纷纷回头笑嘻嘻地打量她，她这么死要面子的人，气炸了！

柴雪到处拍照时，我问她男友："布丁真是你做的？"

"嗯。"

"你知道它的故事吗？"

他收拾了下餐盒，忽然笑着说："我那时迷恋《与狼共舞》《西部风云》这类片子，听说我家祖上有个曾伯父是去西部掘金的，后来和印第安人婚配，小时候还看到过照片，很旧很破碎，家里吃面包布丁是为了想念他，他很年轻的时候就去世了，去世前写了封信说想回来，很想念爸妈和兄弟姐妹，但一直也没有再见面。"

他说的影片我还有记忆，西部大开发、部落的争夺和杀戮、白人的恶劣行径，第一代移民们涌向荒无人烟的西部，拓展新的生存空间。我突然问："烹饪方法是你教她的？"

"是啊。"

"你们很早就认识？"

"是啊。"

"她离家出走那次，是跟你一起？"

他忽然小心地看向柴雪，压低声音说："我和她认识时都很叛逆，就想到一起逃走,在我同学家待了两天。我给她说我曾伯父的故事,她听了以后很难过,她有个对她并不关心却要求很高的家,我有个24小时需要告知行踪的家。那时我们还能互相理解,现在吵架的时候更多。"

说完,他闷闷不乐地皱眉。我想起火车上的中年大妈,没准她儿子和柴雪的男友会有很多共同语言。

"你看,你是这么耐心的一个人。但柴雪不一样,她性格急躁,一到要表达时,她担心被人发现她语无伦次,只会用很糟糕的方式表现,这是她的方式。她少爱,在最渴望宽容和关心时,缺失了。童年的不幸,会转嫁到对另一半的要求上,一旦对方达不到,会成为彼此的灾难,而对孩子的爱护备至,是对自己童年不幸的偿还。也许你现在这么认为,但她还有最好的一面没有表现出来。"

他在柴雪的餐盘旁放了个苹果,柴雪停下拍照的间隙,瞥他一眼。恋人之间的默契,眼神、嘴角都是相似的。

14

咖喱酱烤碎肉

咖喱酱烤碎肉

原料：

洋葱、牛奶、咖喱粉、辣椒粉（可口味调整）、植物油、糖、盐、奶油、吐司、煮熟的碎牛肉或猪肉、碎杏仁、柠檬汁、蛋、月桂叶、白胡椒

做法：

① 牛肉或猪肉煮熟切碎
② 煎锅热3大匙奶油，放入切碎的洋葱，翻炒至变软透明，拌入1大匙咖喱粉，
③ 小火煮2分钟后倒入碗中，加入碎牛肉（或猪肉）适量，
④ 1片浸过牛奶沥干的吐司、4颗去皮碎杏仁果、2大匙柠檬汁、1小颗蛋、2小匙糖，加盐
⑤ 每个模具涂上一层奶油，搅匀所有食材分装模子内
⑥ 取碗加1杯淡味鲜奶油和2颗打碎的蛋，加少许盐和白胡椒，分放模子内，蛋糕上用柠檬和月桂叶装饰
⑦ 烤箱预热150度，烤25分钟，至色泽金黄

"明天的诱惑有多大?"

"取决于某些人出现的时机是否恰当。"

那女孩出现时,小楼将端着的咖啡杯搁在一边,眼神若有所思地瞥了我和路柔一眼,原本和我们闲聊的助手陈介回到了柜台后。

女孩笑着说自己也想开间小店,店里专卖她亲手制作的烘焙物品。每个人心目中都有一间小店铺,贩售世界上独一无二的珍藏,有些人开在巷子里,有些人开在内心深处。

小楼在一处角落装了块"窃窃私语"栏,不时有顾客留下文字贴在上面,从一间普普通通的小吃店向着文艺范儿迈进,隔壁的美甲店老板娘要将店铺转手,先来问小楼有没有兴趣,她立马就答应了下来。

那女孩在要了杯玫瑰露后,翻着手机在贴纸上写了又涂。陈介出去送外卖了,小楼在柜台后翻着账簿。路柔轻声轻气地说:"她每隔一段时间就来这写纸条。"

"写给陈介?"我笑着说。

路柔白了我一眼,跑出去打电话了。

女孩走后,我十分好奇地去看了眼,笔迹未干,写着:这么多年我一直都很后悔,你才是我爱着的人。落款是"爱",这是怎样一种告白呢?

八卦是种美德,连刚送完外卖回来的陈介也跑来看,在一旁说:"上次我听到她在电话里跟人说:'我不是没有等过他,都已经要订婚了,他现在想重新开始。'"

路柔有段时间非常颓废，从一个酒吧喝到另一个，我猜想她心里顾念着某个前男友，工作的繁忙仅仅能够在某种程度上迫使她转移注意力，有次见她那么明显的宿醉，我忍不住问她，"你非得这么堕落吗？"

"你没有不开心的时候吗？"

后来她似乎清醒了，更加投入地工作，经常加班到很晚，路柔、小楼和我都是旧识，新来的助手陈介很喜欢听我们聊闺房私话，自从有了"窃窃私语"栏，话题就更多了。

晚上睡觉前，我不禁又想起那女孩留下的贴纸，假如还爱着对方，她应该很难无动于衷吧。

前男友都是混蛋，前女友都是好女孩，这句话很实在，可如果前任幡然醒悟地回头了，有几个女孩真舍得拒绝？又有几个男人会重新接受？

路柔忽然发了条信息过来：我们现在，还能做出什么疯狂举动？

我回她：假如，有人在尴尬的时刻出现。

刚毕业时，每天过得很烦躁，一边前途迷茫，一边咬着牙地不甘心落于人后，要不了多久总有人风生水起地在各行各业占有一席之地，每到开同学聚会混得很好或很糟的同学兴趣寥寥，只有过得普通又美满的同学又积极又准时。

路柔那会想着出国,每次闹情绪她就会翻花样。晚上9点多,我刚加完班和她吃路边摊,她很有格调地说:"我担心在我最美最好的时候我爱的人不在我身边。"

我和路柔不算同学,最多同校,兴趣班上认识的,念书时过得浑浑噩噩就找些事来打发,第一眼感觉画画班比较省力,现在记得的就是提着画具箱跑来跑去找教室,每回都记不清到底又换去哪儿了。路柔很利索地坐在教室门口,冲着我问:"你觉得我的文身怎么样?"

五颜六色的花纹,图案美是美,就是意义不大,她说:"把胳膊给我?"

"为什么啊?"

"画个好看的图案。"

我补充说不要文身,她点头答应,倒腾出一堆画笔在我手臂上画了一圈藤蔓和花枝,她喜欢浓烈、暗沉的色调,反正能洗掉,我也满不在乎,最多回家前用袖子遮好。

认识她之前我听说过她的一些故事,她有个青梅竹马的男友,曾在同一所学校上学,每天一起放学回家。按照当时的情况,会被班主任、家长牢牢盯上,上了大学两人才开始试探着约会,经历了所有恋人的酸甜苦辣,热恋、争执、大吵、分离,也会兴高采烈地和朋友们去旅行,在露营地的晚上,她目睹了男友与某个女孩亲密又暧昧,他的周围总有几个女孩围绕。她从歇斯底里到痛彻心扉,感情像漂亮的水晶球,总有轰然粉碎的一天。

一个天真的女孩要成长为一个内敛、充满魅力的女人,一路上要经过万水千山。

那男生一直脚踏数条船,不乏亲眼所见者。路柔是赌气,不甘心就这么结束,我说:"你不甘心还没爱够就结束了,你生气是因为终于可以和他在一起了,一切都变了。"

学校的舞会上,女生们都穿戴漂亮和男生一起去参加,我和路柔龇牙咧嘴地画了邋遢妆,其实是大烟熏妆,她站在窗口呆呆地出神,舞会礼服还未拆封。

"他是怎么打动你的?"我问。

"有天我去楼下食堂打饭,他正往楼上走,跟我说食堂没饭了,我不信,他就笑嘻嘻地上来说剪刀石头布定输赢。我不想搭理他,他说他只会出剪刀,赢了他就告诉我一个很好吃的饭馆。"

"你赢了?"

她点头,脸上泛起了笑意,说:"他出的哪里是剪刀,是瓦肯人的手势,你看过《星际迷航》吧,就是那种手势,而且他姓'爱',我就干脆叫他爱德华。"

"是那个……爱?"

"嗯。"

爱德华本名是爱卡维,我不记得他长什么样,路柔给我看了照片才想起学校里有这么个人物。他确实是某种程度上的人物,从他最初写情书给路柔就能看出。

"他连写情书都很随意,他说意境到了就行,不要过于拘泥于形式。"路柔说。

那些情书路柔大约至今都留着,花花绿绿的纸,不知从哪随手撕下来的,我没看过内容。有次说起从前没有手机、电脑、网络的时代,大家偶尔还会写信、打电话联系,现在花样百出却什么都留不住。路柔脱口而出:"我都留着,一张纸片都没扔过。"

我在餐桌上翻着一本做咖喱的书,一直惦记着泰式菜中颜色艳丽的咖喱风味,青、黄、红三种咖喱中,青咖喱最辣,我是一边吃一边流眼泪,还拍照给路柔看,她点评:"初看像刚被男人甩,仔细看是心疼钱。"

印度咖喱也不错,在马来西亚时尝过地道的印度菜,有咖喱虾、咖喱羊羔肉、洋葱咖喱、红咖喱巴蒂、库马、马德拉斯,库马是印度菜中比较普通而不辣的咖喱,淡黄色,由腰果制成;马德拉斯是中等辣味的咖喱;红咖喱巴蒂是由圆底锅烹饪出的辛辣菜肴。当时我还惦记着各种海鲜美味,咖喱只是浅尝,后来每每流连味觉的记忆,很是怀念。

路柔曾在泰国待过一个月,用她的话说咖喱吃到味觉失灵,甚至回家后很长时间还吃不惯口味清淡的食物。

说到做个什么咖喱吃，路柔开始在柜子里找东西，说："我有个菜谱，据说是美国南方低地风味的咖喱，实验了几回，好像还差点火候。"

谁知道她为什么心血来潮，没听说过她去过美国。

没胃口时我就想吃口味重的，心情不好时不合适做菜，勉强做出来也不好吃，连带美食也染上了情绪，容易变味。

"每一道美食的口味跟烹饪者的心情大有关系，同样的东西在不同的心情下做出来，口味差很多。以前，我想开间火锅店，口味由顾客自己掌握，但这样味觉就失灵了，我在泰国时就这样，当味觉渐渐恢复后会想尝试更刺激的。"

"刺激的东西容易上瘾，不是吗？"

我看到一张皱巴巴的贴纸上写着：咖喱酱烤碎肉。路柔切着一个中等大小的洋葱，我在煎锅里热了 3 大匙奶油，之后将切碎的洋葱放入，翻炒至变软透明，接着拌入 1 大匙咖喱粉，用小火煮 2 分钟。起锅全部倒入大玻璃碗中，熟牛肉丁（或猪肉）是小楼事先准备好的，大约加了一杯多的量，1 片浸过牛奶沥干的吐司、4 颗去皮切碎的杏仁果、2 大匙柠檬汁、1 小颗蛋、2 小匙糖，加盐调味。

餐桌上有 6 个模子，每个都涂上一层奶油，我捧着大碗拌了好一会的肉糊均匀地分装在 6 个模子内。路柔取了一个碗，加入 1 杯淡味鲜奶油与2颗打碎的鸡蛋,佐少许盐和白胡椒,同样分放6个模子,蛋糕上用柠檬和月桂叶装饰。烤箱预热150度,烤上25分钟,色泽金黄。

"这道菜直接吃也行啊?"我问。

"与米饭和印度酸味酱一起上桌。"

"你真的可以开餐馆了。"

"就做这一道菜吗?"

"也行啊,需要顾客预定的私房菜。"

每个人都有成为美食大师的潜力,区别在于有的人替食客烹饪美食,而有的人只有在替自己心爱的人烹饪美食时才会发挥惊人。路柔平时连厨房也很少进,但这道菜我却尝出了其中饱含的温柔与忧伤,浓郁的咖喱味和牛肉的细嫩,经过时间的烘烤,每一口咬下去会使人想起爱情的炽烈和伤心。

路柔去取酸辣酱时,我看到她手机屏幕上一闪,一条消息:我就知道你是我生命中的爱人,可出于自尊心,我没有对你说。

"爱德华?"我问。

只出剪刀的爱德华,他们是彼此的初恋,吵架时他吵不过她,把她堵在墙角接吻,两人都是初吻,路柔跳着脚嚷嚷:"我以后才不会嫁给你,你不讲道理,还欺负我!"爱德华也不甘示弱:"多跟你说几句话,我耳朵都聋了!"一点也不浪漫的初吻,两张气呼呼的脸。

计划要出去旅游时,偏偏都睡过了头,一路上相互指责,路柔使出撒手锏,"要不是你睡得像猪,要我拼命打电话催你,至于这样吗?"他回道:"要不是你喝得死醉像头猪,还要送你,我会这样累吗!"

夜晚去海滩游泳,爱德华假装脚抽筋,路柔急得赶紧游过去抓牢他,他说:"我有什么三长两短,你不用难过的,做人做鬼,我都不会离开你的。"路柔立即察觉他使诈,说:"你要是做鬼了还是离我远远的吧,不要缠着我。"

发生在别的恋人身上浪漫的事,到他们这里最后都会变得又吵又跳,性格上的磨合没有因为时间而变得投契,反而彼此为了避免争执而渐渐疏离。

皱巴巴的菜谱背后字迹模糊地写着:我们相识这么多年,真正在一起的时间却很少,大多数时候只是两个在同一空间里生活的个体。想起你的时候,掺杂着很多人的声音,或许那个时候担心你把我整个占据。分开后,我们依然会把各自的日子过好,寡淡无味用力往下吞,尽量不去想从前浓烈辛辣的我们。

"想要改变,永远都来得及,谁也不知道明天的诱惑有多大。"

"我每天把自己拾掇得干净漂亮,等着未知的诱惑,其实我已经没有勇气了,那时都用完了。"

我没问路柔发生了什么,许多人分手后不细究原因,可能当时只是认为不那么合适，也不该太着急，尤其那么年轻。

等一个人等了多年，等成了习惯，以为爱情就是不能相守的遗憾，本以为遭遇了一场最美年华，结果只是一场冰冷海啸，吞没了自己再去爱一个人的勇气。

我尝了口蘸了印度酸辣酱的咖喱酱烤碎肉，就像尝到了生活的丰腴和多变。

陈介在柜台后向我使了个眼色，我疑惑地看看他，他冲着贴纸栏很快点了点下巴，我看到一个眼熟的字迹：我知道爱一个人不能这么用力，可如果终其一生都不能这么彻底地爱一个人，我好遗憾啊，没有你，我也会慢慢好起来，可好起来以后那会是一生的看破，我宁愿在爱你时憔悴，也不要故作淡然的超脱。致爱卡维。

路柔大约早就知道，从那女孩一踏进店铺起，就会看到贴纸栏上的留言，那是他们的书信，时隔多年，爱卡维的情书依然触目心惊，仿佛仍然有效似的：这么多年我一直都很后悔，你才是我爱着的人。

陈介听到的手机对话其实是故意说给路柔听的，为了让路柔看清各自的状况，无论多么不舍他们就是不合适。就在女孩将与爱卡维订婚时，他却想跟路柔重新开始了，走投无路的女孩找到这里，在贴纸栏上留下了陈介示意我看的那条，她请求路柔给她让位。

路柔和爱卡维分手多年，有各自精彩的生活，只知道久在一起的人会分开,很少听到分开很久的人还能再续前缘。

"我曾和那女孩一样,真的,不顾一切还是要爱他,明知道会失去他,还是想这么做。"路柔静静地望着角落的那块贴纸栏,说:"我不是没给过他时间,他都已经要订婚了,再和他重新开始,太迟了……真的太迟了。"

我装作在琢磨新添的咖啡机,路柔转过头不让泛红的眼眶被人看见,我说:"你一直爱喝热巧克力,居然点了咖啡。"

"我现在也喝。"路柔低声说。

一个西装革履的男子从门外走进,他选了对着街面的座位,陈介上前去招呼。我望了一眼,这人的眼神相对于从前内敛了许多,他回头对路柔遥遥致意,才几步路的距离,似隔断了前缘旧事。

陈介在柜台后悄声对路柔说:"他跟你一样喜欢喝热巧克力,一个人点了两份。"

爱卡维看了眼端上的两杯热巧克力,安静地偏向着她的位置。

原来爱情,不是生离死别的撕心裂肺,也不是执子之手的心花怒放,而是两两相望时的忧伤和惊慌。

15

白灼芥蓝

白灼芥蓝

原料：
芥蓝、蒜、姜、生抽、蒸鱼豉油、糖、水

做法：
① 摘掉芥蓝老的部分，清洗干净
② 锅里加水和适量盐，一勺油
③ 芥蓝在水里氽烫控制在3分钟内，取出沥干水分，装盘，撒上蒜末
④ 用生抽、糖、豉油和水调成酱汁
⑤ 锅里炒一下姜丝取出，倒入酱汁，糖融化后取出，一起洒在芥蓝上即可

童蕾和徐琼是我认识的人中比较典型的两类人，一个忙着工作升职，一个忙着相亲约会。

要说有什么共同点，就是都喜欢去有红屋顶的餐厅吃饭，这是个小小的私人餐厅，挤在一排排年代陈旧的老房子里，但据说餐厅的前身很有文化背景，每隔几年会有人来修缮一番。前两年发现这个餐厅有些意外，不仅大厨手艺可以，环境也幽静。餐厅老板将这幢双层楼房装修成欧式复古风，楼梯、地板漆上红漆，灯柱、吊扇等装饰别致新颖，现代化设施精妙地藏在设计风格内，整体十分协调。

第一次来时，徐琼感叹未来的家一定得这么装修，童蕾希望办公室能设计成这样，以后可以更安心地在公司加班。听起来都很有道理，如果只能取其一的话。

徐琼几天前约了我和童蕾一起去餐厅吃饭，说是有事宣布。我心想多半是扔"红色炸弹"，之前听童蕾提到过徐琼认识了个不错的结婚对象。

徐琼交往中的人是在童蕾的生日聚会上认识的，当时我正在出差，很好奇什么样的人能符合徐琼的标准，她们两人的关系时好时坏，但经过这件事后，徐琼开始对童蕾推心置腹起来了。

"他人怎么样？"我问童蕾。

"还可以吧，我其实不熟。"童蕾面无表情地说。

姗姗来迟的徐琼眉目间难掩热恋中女人的心花怒放，童蕾微微一笑，徐琼便红着脸辩解，我拿着菜单假装在看。

童蕾生日那晚，聚会上来了几个新面孔，作为主角的她，在场者她大多都认识。徐琼看上其中一人，让童蕾做介绍。他叫张槐，成熟、稳重，刚结束一段恋情，但凡徐琼一眼相中的，她便会主动出击。

徐琼是恋爱大过天的人，从念书起身边总有几个追求者，会打扮、会撒娇，衣着时髦地出入各种场合，只要她一走进房间，男子都想认识她。她似乎有某种焦虑症，总是很难安定下来好好谈一个男朋友，想法很奇怪，不到对方厌倦，她自己先落荒而逃。

"你这次是看准了？"我问。

"当然，我跟他说交往过的男友，他很理解我。"徐琼说。

"你和前男友的事，告诉你的现任？"童蕾狐疑地瞅了瞅她。

徐琼很爽快地点头，转眼看了看正端上的一盘白灼芥蓝，说："张槐对我来说，就像尝遍山珍海味后的白灼芥蓝，清淡、健康，让我找回了味觉最初的体验，和他在一起才有恋爱的感觉。"

顾不上甜点送上，徐琼便要赶去和张槐约会了。

回去的路上，我不禁问童蕾："你了解张槐吗？"

"他以前和我一个公司，后来跳槽了。他和徐琼的性格完全相反，他比较木讷，喜欢安静，工作很努力。"

"又不是业绩表，我想问的当然不是这些。"

"他以前女朋友的事？"

我点点头,好奇和八卦兼而有之,何况能让徐琼这么投入的人,到底是何方神圣?

"保密工作做得很好,以前没人见过他女朋友,他很低调的。"

真是活见鬼!

睡到三更半夜突然手机响,几条街外都能听见,我怎么就忘了关手机了?

徐琼在电话那头显然喝高了,她说她和张槐在酒吧,大声道:"你要不要过来一起玩,别像老年人这么早睡觉啊,别跟童蕾学……"一连串杂音后电话挂断了。

童蕾不是说张槐生性安静吗,这两人这会一起泡酒吧?我发了条消息给童蕾,她很快回复:你去不去呢?

我说:不去,如果你去的话把他们送回家,毕竟是你介绍他们认识的,这会儿见死不救太不仗义了。

我是随便说来激她的,料定她不是会半夜里跑去酒吧的人,谁知她回复我说:知道了,我去看看。

大概过了好几分钟,我看着手机屏幕,心想是不是童蕾看文件看岔了?

恋爱中的人都不想被打扰,我很好奇那晚的情况,绕过徐琼问童蕾，她说："我赶到酒吧时，他们很醉了，就叫了车送他们回去。"

"就这么简单？"

童蕾忙着接电话去了，我手上都是要洗的菜，就没再追问。

徐琼的爱情每次都是表面上看起来很投入很精彩，扔下电话就觉得无聊，她更喜欢和好朋友逛街、搓麻将，哪一边都不轻易倾斜，保持平衡的状态。

这次，她大概真的要结婚了。

徐琼挂电话找我去红屋顶的餐厅见面，她特意点了白灼芥蓝，笑着说："我这几天就在学这道菜，看上去很简单，但就是做不好，怎么都做不好。我真是傻，总一厢情愿地以为这个简单那个很难。"

我听出了弦外之音，问："怎么了？"

"长得帅的男人多数又自恋又自私，有钱的男人节外生枝的事又太多，我只想有个能和我聊天让我不觉得孤单的人。我和他刚认识时，在露台上一直聊到天亮，我从没觉得自己有这么多话想跟别人倾诉，一股脑地把心里话都告诉他了，甚至是我从不打算说出来的。"

我想了想，问："他有说起以前交往的女朋友吗？"

"我打算慢慢问，他看上去是个木讷的人，心里挺明白的，不然不会单不说这件事。"

徐琼坚持认为知道多些张槐过去的事，对他们的关系很有帮助，她忍不住想去一探究竟。

"男女交往秘籍上不是说,不要老盯着对方的过去穷追不舍吗?"

徐琼听了,满脸鄙夷,仿佛我说了句脏话,她说:"穷追不舍是对露出马脚的人说的,你在不在乎是一回事,你知不知道是另一回事,懂得装傻是好事,真的傻就是你的错。"

这徐大师……

半年后,传来徐琼要结婚的消息。半年是不是足够了解一个人,难说,但听她说经常去男方家里和准公婆聊天,双方父母也见过几次面,彼此都很满意,从两个家庭的角度去考量,这才是真正的彼此了解,比男女感情的准确度要高。

童蕾出人意料地说:"你们认识才半年多,是闪婚还是你被雷闪到了?"

"在你聚会上认识的人,我比较放心,而且和他相处了一段时间,我心里有底。"

童蕾是个在感情上非常谨慎的人,工作上和男性竞争职位,身边事业有成的男人不算少,用她的话说都不是可以结婚的对象,说:"叫皮特的那个,还真以为自己是布拉德·皮特,整天围着新来的小姑娘揩油;威廉呢,仗着家里有钱,一副太子爷的扑克脸,其实是个饭桶;拉塞尔这个人,彻头彻尾的笑面虎,表面上又客气又大度,老在背后诋毁我;扎克就不用说了,他背地里叫我灭绝师太,我从他手里抢走了升职机会。有这样一群雄性动物,还有那么多愿能来事的女同事和脑袋不灵光的老怪物,我每天像住在马戏团里一样,你们知道吗,我还没有崩溃!"

每次听完童蕾的长篇大论,我都觉得人生晦暗,赶紧招呼服务生过来,说:"白灼芥蓝,再来一盘,这个好,这个去火。"

徐琼捂住嘴笑,童蕾表情严肃地在手机上翻邮件。

某天,徐琼找我去她家讨论做菜的事,她是打算往后安下心来做主妇了,没个好手艺不搭调。

厨房里一篮子绿油油的芥蓝,徐琼一边洗菜一边细心询问,说:"枸杞子我只知道用来泡茶,跟芥蓝搭配起来,卖相都很好看。"煮沸的水用来烫熟芥蓝,她小心翼翼地放入,说:"你看,这样清清爽爽的菜,我就很喜欢,那些弄得厨房油腻腻的东西尽管好吃,常吃胃就要坏了。"

我听出来她话中有话,说:"弄不干净的就别带进家门,就算不小心进屋,也要扔出去。"

"要真这么容易就好了。"徐琼叹了口气。

她说在张槐的手机里看到一些"别难过,我了解你"之类的消息,内容很可疑,想象不出这么木讷的人会怎么回复,有几次她干脆替张槐回了过去,还算客气地让对方离张槐远点。这些张槐都知道,什么也没说。

我问她:"你是已经跟谁交过火了吧?"

徐琼默认。

上周有个女人来找张槐出去,对方情绪低落又沮丧,想有个肩膀找安慰。张槐虽然性格木讷些,但很会安慰人,他们出去的两个多小时里,徐琼一直暗中监视,见对方顺势靠在张槐肩膀上时,徐琼立刻拨了张槐的手机,在电话里她若无其事地跟张槐腻了半天。

"她就晾在旁边,满脸没趣的表情。"徐琼说,顿了顿又道:"张槐回来后,我要他删了那女人的号码,你猜他什么反应?"

"什么反应?"

"他是不肯啊,说了一堆乱七八糟的道理,我不理他,拿了他手机就删。我原以为他会非常生气,后来就随我高兴了。"说完,徐琼笑得双眼特别亮。

我听她口气还有后续。

"还有次让我逮个正着,刚想破口大骂,对方在屏幕上回了句:我不是你的假想情敌,都过去了。你说张槐这个人吧,人走开了,显示器就这么开着,他根本不在乎会不会被我看到。"

我狐疑地问:"他不在乎的是什么?"

"他相信我,他爱我,跟别的女人说了什么他根本不在乎,我爱看不看,爱删不删。"

徐琼显露出胜利者的姿态,这回她不是落跑者,倒像个狙击者。

"如果没有染上铅华,怎么洗净呢?吃惯了山珍海味的人才有资格说:我还是比较喜欢清淡简单的。如果你想低调,你就得有资本低调啊,这都是一个道理,不是吗?"

童蕾居然开始下厨了,她一次次地声明自己绝不是做主妇的料,现在已经学会做几样家常小菜了。

"所以,这就是你自己下厨的原因,适时可以低调了?"我问,她很容易陷入偏执,感情尤其如此,仿佛强力杀毒软件抵抗一切外界病毒,这个"病毒"就是男人,她说要从男人手上抢走升职机会,而不是做他们的妻子。

"不。我不想再总是以工作为主了,我要为自己做些什么,连日连夜地加班跟时间赛跑,我厌倦了,该证明的我都证明了,是时候放慢节奏了。"

听上去要结婚的人是她,而不是徐琼。

"你是不是陪徐琼去试婚纱,有了什么想法?"

童蕾忙着起锅,没空理我,她手机响了让我去拿过来,我瞄了眼屏幕:恋爱这些年,能陪我聊聊从前的,也只有你。

发送者:槐。

童蕾看到内容后,心虚地避开了我的目光,我和她一时都无话可说。

我告辞要走时,她握着手机不知所措,说:"你都知道啦,不是你想的那样。"

"你不知道我在想什么。"

"我没有跟张槐在一起过,我喜欢过他,他跳槽离开后我们一直有联系,所以才会出现在我的生日聚会上。"童蕾叹了口气,眼神满是伤感,说:"那天他是来找我摊牌的,同在一个公司时没想过去发展这段感情,我那时事业心很重,他也是,这是我和他非常欣赏彼此的原因。那时,我很喜欢他,但不想表现出来……"

女孩如果真的想嫁给某个男子,就向他展示自己的诸般美好,但要按兵不动,不然他会认为你轻浮。

可是后来,徐琼出现了。

"刚开始时,我觉得可笑透了,真讽刺。后来张槐对我说,我和他仅仅是欣赏对方,但不会为了对方改变自己,对生活我们没有天分,我们都需要一个人颠覆自己的观念重新去感受这个世界……而我,不是他要找的人。"

"现在你想开了?"

童蕾笑了笑,"幸好,想开了。"

我忍不住问:"徐琼说的那个女人,真是她的假想情敌,还是什么?"

童蕾的眉毛都绷紧了,道:"什么假想情敌?"

我真该掌嘴,非打破砂锅问到底,好奇心害死人。

徐琼的婚礼筹备,童蕾积极地帮忙,两人又客气又好得险象环生,一时还有些不适应。

喜宴订在红屋顶餐厅,上下两层摆得满满当当,

通往红屋顶的路是我们的幸福之路,我们要一路走下去,如果还没看到,是因为还没有走到最后。最终,我们每一个人都会看到什么是幸福。

PART 4

生活家，美食家

生活万岁

美食无敌。

其实每个人都拥有着一间小食铺

贩售着世界上独一无二的珍藏

有些人开在巷子里

有些人开在内心深处。

16

朗姆酒焦糖煎香蕉

朗姆酒焦糖煎香蕉

原料：

香蕉两根、黄油15克、白砂糖20克、黑糖或红糖10克、朗姆酒10克、水20克，杏仁片适量

做法：

① 准备香蕉去皮去筋

② 红糖、白糖、黄油分别放入锅内加热

③ 出现茶色时加入香蕉

④ 朗姆酒和水混合，待香蕉出现焦糖色时加入朗姆酒、水混合，混合后避免起火

⑤ 加热至酒水液挥发，汁变浓稠时倾斜平底锅，使香蕉能蘸上焦糖液至变软为止

⑥ 装盘，浇上焦糖液，撒上杏仁片。放上草莓、树莓、覆盆子之类的水果做点缀

爱丽丝是我念书做兼职时认识的女孩，她是我们几人中最有原则和意志力的那个。

每当中午我们考虑打哪个外卖电话订午餐时，她早已掏出了自己从家里带的便当，午餐是她自制的水果餐。她说："我们一整天都闷在办公室里，空气不流通，人最容易上火，要多吃水果补充水分。你看你们，脸上就是因为上火才发痘的。"

我们并不埋怨她的直言不讳，但每当大快朵颐时，看着她精美的饭盒里装着可爱的午餐，还是会相形见绌。一到午饭时间，便开始打赌这次爱丽丝带的是水果沙拉还是布丁？

爱丽丝比我们大两岁，有时说话像个大姐姐，对我们展露无遗的好奇、八卦心理，她表现得淡然随意，话题还是会绕回厨房心得上。

"香蕉和别的水果不同，里面含有大量的淀粉，跟土豆比较接近，吃下去会有饱的感觉。我们每天坐着不动，很容易便秘，对消化也不好。我今天带的是：朗姆酒焦糖煎香蕉。"说着，爱丽丝打开她的玻璃餐盒，每个人都凑上去看。

躺在玻璃餐盒里的是对切成长条的香蕉，浇着焦糖，上面撒着葡萄干，还有杏仁片，从餐盒里飘出淡淡的朗姆酒香。

爱丽丝拿出配备的小巧餐叉，切下一小块细嚼慢咽。

"是前一天准备好的？"我问。

"不是，早点起床，材料都准备好，最多花一刻钟就行。"

"我好像在哪个餐厅里吃到过。"有人说。

"嗯,这是个甜点,餐厅会放在高脚杯里,加上冰激凌,很漂亮。"

爱丽丝在手机里翻出她在餐厅里吃朗姆酒焦糖煎香蕉时的照片,补充说:"正餐我没什么兴趣,做甜点是我的强项。你们谁想学吗?"

甜点是想学的,但跟着爱丽丝学……有点头疼,她是偏执症、强迫症结合体,在她面前,我们每个人都担心自己笨手笨脚被她鄙视,而且她也一定会毫不留情地"指点"。

"我想学……"我也不知道当时怎么想的,馋字当头没得选。

立即,她们纷纷表示:"你学会了教我。"

"我提供香蕉。"

"我家有很多朗姆酒。"

"我能负责吃——如果一下子做得太多的话……"

好学的气氛,立刻笑场了。

某日,我准备好材料后,打电话给爱丽丝问她几时来,电话那头她很仔细地核对了一遍材料,直截了当地说:"来我家吧,我现在走不开。"

秋高气爽的天气,既不刮风也不下雨,我连像样点的说不去的借口都没有。其实,我们做兼职的几个女生关系相处得很不错,经常聚餐,还约了一起出去玩,爱丽丝也会参与,放不下身段的参与,我们会拿她开玩笑,她不会生气,有时会用故作夸张的语调,说:"你们够了啊,太过分了、太过分了!"她总是控制得很好,仿佛能控制好人生。

这次没了她们插科打诨,我担心与爱丽丝说话时冷场,要说彼此有多了解对方,也说不上。

我提着朗姆酒和一串香蕉以及若干材料,一路在大楼门卫的注视下急走,门卫大约奇怪极了,怎么有人这么送礼?

站在门外,我看着穿着粉色兔子拖鞋的爱丽丝,头上卷着发卷,摘下隐形眼镜后,戴上书卷气的黑框眼镜,平日逼人的气势锐减,她笑着说:"来啦,快进来。"

她的家初看并无特别之处,装潢简约、明亮,窗台上摆着盆景,养了几尾热带鱼在玻璃缸里。她爸妈平时工作繁忙,多数时间她自己照顾自己,家里雇了保姆每周来打扫两次,她的房间是禁地。

"噢。"我听到"禁地"两字,便默默地应了声。

她忽然说:"你喜欢收藏吗?"

"哪种收藏?"我好奇道。

爱丽丝神秘一笑,推开她房间的门,我探头张望一眼,惊讶地站在门口。

"这些是真的吗?"

"是啊,"她示意我进去,说:"这些是我十几年的收藏。"

我所理解的奢华还停留在金碧辉煌的表象,爱丽丝的奢华在于她的精神世界，闪着摇曳生辉的光。她房间里摆着造型各异的陶瓷餐具，每一个都是她亲手制作，床前的茶几上有荧光通透，折射出潋滟之光的水晶杯，她说："水晶价格不菲，而且易碎，我原本想将房间布置成北欧式的冰天雪地，但不知为什么，当我心情低落时，看着它们感觉更颓废，像在等着冬天的一缕阳光。谁愿意总是等待呢？"

书架上摆满一排陶瓷工艺的杂志、书籍，她随便抽出一本给我看，说："里面有篇文章提到电影《人鬼情未了》和陶艺作坊，我去报名学了一个阶段，当时我很想将注意力转移到别处，我制作了很多餐具，这里的碗碟杯盘，都是我自己设计制作的，我连吃什么甜点配哪款餐具都写进笔记啦！"

爱丽丝的空白本上手绘了陶瓷图案，笔记本上写着一段段制作心得，像是日志，也提到她和几个朋友去景德镇学艺的事。我见她脸上迟疑的神色，忙把笔记本合上还给她，不好意思地笑了笑。

她拿着笔记本放回抽屉里，表情如常地说："有一阵子想做烛台，各种光怪陆离的烛台，不是电影里那种银质的，晚上点在房间里，觉得很温馨。"

我想象着烛光摇曳投射在白色墙壁上的暖色，爱丽丝走进了她的梦幻世界里。

"太美了，你还有这样的心思。"

爱丽丝认可地点点头，随后她跑出去应门。

"累死了，跑了好多地方——咦，你有朋友在啊？"

一个时髦女子踩着双恨天高走进客厅，爱丽丝像被抽了气的皮球，手足无措地站在一旁，与平日的她判若两人。

女子化着精致的妆容，头发一丝不苟地垂顺，每一个角度都能拍下来拿去做洗发水推广。她手上提了一堆大小纸袋，显然刚购物了一番，战果颇丰。

养尊处优的人，身上自有一种疏远的气质，时髦女子脸上挂着似笑非笑的神情，说："晚上我和韦廉有个聚会，他常会提起你做的甜点，你要不要过来展示一下？很多人会去噢，韦廉有几个朋友想介绍你们认识。"说时，意味深长地对爱丽丝一笑。

爱丽丝脸上赔着笑，眼神没有一丝笑意，看不出是不开心还是不情愿。时髦女子从纸袋里拿出一个包装盒，当着爱丽丝的面拆开了包装纸，一条丝巾飘了出来，她将丝巾戴在爱丽丝的脖子上，打了个花式的结又拆开，笑着说："我知道你喜欢这条，我和韦廉经过店铺时，他和我一起选的。"

从始至终爱丽丝一直没说话，也没有介绍时髦女子是谁，而我也一直靠在墙上，心想：她到底是谁？

忽然，爱丽丝抽下脖子上的丝巾，说："这个太贵重了，我不能接受。"

"这算什么，再贵重的，你也承受得起。你总不能一天到晚摆弄那些瓶瓶罐罐吧，你是女孩子啊，要有社交圈，你不去争取，男朋友都被别人抢走了。"

时髦女子又从一个包装精美的盒子里拆出一个带烛台的蜡烛，解释说这用来薰香，眼神瞄了眼爱丽丝的房间，说："可别晚上睡着的时候点，会烧着家具的。"

现在连我也听出时髦女子话中有话了，我和爱丽丝是兼职时认识的，平时大家聚在一起闲聊都是瞎扯、起哄，家里的事很少提起。

时髦女子大约觉得差不多了，收拾了下东西，转身准备离去，忽然又回过头来，看了看爱丽丝，又打量了我一眼，这算是她第一回正眼看我，目光最后重新回到爱丽丝身上，说："晚上记得过来，我们都等着你呢，你带朋友一起也行，如果没有，我找韦廉的朋友来接你？"

"不。我和朋友一起，就是她——"爱丽丝指着我，说："你来之前，我们正在说晚上的事。"

"好吧。"时髦女子嘴角抿了一下，踩着细高跟走了。

"她是谁？"等她关上门，我问。

"穿上香奈儿不希望别人碰到她衣服的人。"爱丽丝阴郁地说，"她是我堂姐，爸妈出差时，我就住在她家，她妈妈是个设计师，我伯父以前开服装厂，现在开贸易公司，她只穿一线品牌的衣服。"

"你和她关系不好吧？"

爱丽丝苦笑,"小时候她家很照顾我,我爸一直说人不能没有良心,和黛茜的关系一定要处理好。其实我明白他们的意思,黛茜的社交圈很重要,他们希望让黛茜给我介绍男友。我和黛茜从来没有共同语言,刚才要不是你在,她根本不会多和我说一句。"

堂姐妹的关系纵然不好,也不至于这么糟糕,我心想是不是还因为别的什么事?

要是不熟的人忽然登门拜访,主人家穿着居家服迎接,多半感觉很局促,爱丽丝刚才就是这样,一下一下地拉外套,头上的发卷要扯下来不容易,脚上的绒毛兔鞋几次想踢掉,可光着脚踩在地板上感觉更奇怪。没什么能逃过黛茜的目光,眼中钉是个什么样的概念?看一眼黛茜的眼神就知道。

傍晚时分,我和爱丽丝收拾妥当,赶去参加她堂姐的聚会。

爱丽丝每几分钟就会检查下妆容,看看头发是否够蓬松,衣服上是不是落了灰尘,我和她说话时,她心不在焉。我问:"会有很多人吗?"

"他们都会来……这会可能已经有人来了。"她在化妆包里翻了一遍,拿错了唇彩,懊恼得一定要去买一支,说:"顺路的,时间来得及,去吧、去吧。"

明明是同款色系的唇彩,爱丽丝端详了好一会儿,不停地问我:"你觉得呢?我怎么感觉颜色不太一样?"专柜小姐不再试图说服她,走去一旁。

"再试下去，我们真的要来不及了。"我轻声说，她是如此紧张。

爱丽丝让我明白了选择障碍者的苦恼，好不容易，我和专柜小姐再三地肯定是同一款没错，她才终于决定下来。

餐会地点在黛茜家里，一栋欧式的小别墅，楼上楼下，三楼是露天烧烤，这会烤架已经搬出来了。那些年，房价还没疯涨，能买得起郊区别墅的人不少。

一进去，黛茜正专注地和人聊天，一身酒红色的裙子，贴身包臀，高跟鞋恰好地踮起几分，完美的身段和长发，随手一拍都很好看。周围有人认出了爱丽丝，打了声招呼，几步之外的黛茜浑然未觉，直到与她说话的人对她示意了下身后的爱丽丝，她方才一脸惊喜地转过身，上前抱了下爱丽丝，用热络的语气说："太好了，你终于来了，我们一直在说你呢，韦廉都说要开车去接你了。"

一个身穿深色衬衫的男子，手上拿着酒杯，对爱丽丝笑了笑，五官俊朗的男子带着慵懒的表情，像时尚杂志上剪下来贴上去的，专为这样的场合提供。

我在厨房煎黄油，柜子上一排排罗列整齐的马提尼杯，爱丽丝去找备用的朗姆酒浸葡萄干。两个女孩站在门口说话："看到黛茜的堂妹了吗？"

"差点放火烧了房子的那个？"

"对，就是她！听说要不是韦廉及时救了她，房子都快烧没了。"

"嘘，小声点，我听说她是因为韦廉——"

"爱丽丝和韦廉？黛茜不知道吗？"

"当然知道，黛茜和韦廉还拿这件事开玩笑呢，知道的人不少——"

"别说了，她过来了。"

锅里的白砂糖已焦黄，我将切好的香蕉放入锅内。爱丽丝过来后看了眼，将朗姆酒倒入，点燃打火机时她忽然停了下来，我问："让我试试？"她茫然地点头，我接过打火机点燃锅内的朗姆酒，火熄灭后撒上杏仁片装杯。

吃甜点时，黛茜忽然走到我身旁，说："今天谢谢你来帮忙，你是她的同学吗？"

"不是，我和她一起做兼职认识的。

黛茜表情不变地"哦"了声，说："你看过爱丽丝的收藏吧？"

"是啊，很漂亮。"我试着客套地笑一下，不想黛茜脸上掠过一个怪异的表情，她笑着说："她有时不太实际，精神世界是丰富的，但跟外界不太接触，你可不要被她吓着啊！"她笑着被人叫走了。

如果黛茜说的"吓着"是指点燃房子，刚才我已经听到了。

爱丽丝和几人聊完后，我们坐在客厅外，三楼烧烤的火还没熄，一群拿着啤酒的人进进出出。

她看起来情绪很低落，与傍晚时的神经高度紧张又是截然相反，眼角的睫毛膏有些晕开,她翻着小包找唇彩,却怎么也找不到,欲哭无泪。

"你怎么了?"

她沉默地看看我,停止了翻找。

"听到她们在背后说你了?"

爱丽丝突然一震,像被人从高空推下,"你听到什么了?"

我尝试跟她解释经过,她听不进去,皱着眉头时,眼神中的哀伤清晰可见,说:"那是个意外,我看到水晶杯里的圆球蜡烛特别好看,就点了一个,结果睡着了,黛茜说她很快就回来,谁知道……我伯父没说什么,我爸气极了,打了我一个耳光,后来我妈告诉我,黛茜对爸爸说了什么。"

黛茜像只花蝴蝶,满场飞,韦廉刚和几个女孩说上话,立刻被她拉去一旁,到哪都能听到她的欢声笑语。

"我们要不要现在就走?"我问。

爱丽丝立即点头,她不想去跟黛茜打招呼,我跑去说爱丽丝不舒服,我陪她回家。黛茜的眼神慢慢、慢慢地作出惊讶状,说:"这样啊,你快送她回去吧。"说完,立刻回过身去继续和人聊天。那几个听见我说话的人,脸上都闪过几丝会意的神情,也都装作若无其事地接着聊天。

女人吵架就这样,不见烽烟,无声无息,然后没完没了。

走出大门时，爱丽丝像被抽空的皮球，整个人耷拉着，精神萎靡。她想回头看一看，背后一片欢声笑语，我知道有个人影正站在身后看爱丽丝，我劝她："不要回头，走出去就好了。"

"韦廉，你来看这是什么呀！"一阵黛茜的欢笑声，分贝高得刺耳，脚步声跟了过去，走远了。

爱丽丝自己用精美的水晶装着每个梦，奢华、通透，碎了，受伤了，换上陶瓷，经过煅烧的炽烈，精美依旧，梦藏在陶瓷里面，别人看不见，更不拿出来。

每个人都在自己的仙境里梦游，幻想遇见会遇见的人，迷失的人迷失了。

"你希望超然的寄托，成为你的信仰，像装在马提尼杯里的朗姆焦糖香蕉，每一小口都那么低调、心喜。你用胆怯把自己灌醉，以为这样就好，躲在后面拒绝听，我希望你醒过来，看看你自己。"

17

肉丸意面

肉丸意面

原料：

牛肉馅半斤，鸡蛋1个，奶酪3片，洋葱半个，蒜3瓣，番茄2个，意大利面及番茄酱半袋，罗勒1勺，辣椒粉1/3勺，红酒，黑胡椒粉，盐，黄油

做法：

① 牛肉馅中放入鸡蛋、盐和黑胡椒粉，搅拌均匀
② 奶酪改刀切块后包入肉丸中，团成球
③ 锅内放适量的油，油热后放入丸子，煎至丸子全熟，盛出并沥干油分，备用
④ 用锅内煎丸子的余油加入蒜末爆香和洋葱末煸炒，直至洋葱变软
⑤ 倒入番茄酱酱汁加盐，与黑胡椒粉搅拌均匀
⑥ 倒入煎好的肉丸，使其裹汁均匀，将煮好的意大利面沥干水分盛出，倒入到酱汁中，搅拌均匀
⑦ 装盘，撒上罗勒和芝士碎末即可

直到那个意大利人走近跟我打招呼,我才确定对方是在和我说话。

每次公司举办的活动上,参加活动的海外客户都非常多,尤其是关于美食的活动,意大利美食摊位前总是人满为患。

眼前这个黑头发的意大利人说的英语带有浓浓的意大利口音,问的显然是另一个活动,那是7月份举办的,眼下已经12月份。他看了眼我工作牌上的名字便直接称呼我的英文名,听到要看的活动已经在7月份结束了,他感到很失望,然后和我闲聊起来。

"你去过意大利吗?"

"不,还没有。"

"太可惜了,你喜欢意大利美食吗?"

"当然。"

"喜欢什么呢?"

"通心粉、意大利面,还有意大利足球。"我笑。

另一个金发瘦长的男子是他的同伴,两人用意大利语说了一通,黑发的意大利人继续问我:"你听说过XX酒吧吗?"

"没。"

他做了个遗憾的表情,问我真的是土著吗,我很肯定地说是的,他笑着说:"也许应该是我带你参观一下这个城市。"我和他都笑了起来。

每年举办的活动中,严谨冷静的德国区域干净整洁,偶尔会看到一个展示台上放着块可爱的小牌子，写着：我们会说中文，欢迎合作。法国人和西班牙人是背靠背的场地，一格格精致的活动区域，把比赛活动的场地设计成欧式小镇，很多人站在活动区拍照留念。

意大利区域的活动非常多，不仅大师傅们一个个形象出众，更因为他们每次参赛都有层出不穷的新花样。单单是自发的烹饪比赛就能引来如潮水般的参观者，有些活动区每天制作两次比萨，站在赛区外的都是等着品尝免费比萨的参观者，原汁原味的意大利手艺。

手拿比萨的参观者吃了一口，说："外国大饼！"饼上的肉末葱蒜香气逼人，没有等到的参观者纷纷打听哪里有卖。一个走来走去的意大利小伙刚在比萨表演赛中得了第一名，如果不是他把一个未烘烤过的饼拿在手上转圈圈，谁也没发觉他是比萨饼师傅，一旁手拿相机的观众们等着跟他合影。

意大利区域每天在固定时间请男高音来唱意大利歌剧，演唱者长得有几分像球星皮耶罗，表演时闪光灯不断，现场观众络绎不绝。

"这种面要怎么煮？"

"放在烧开的水里煮几分钟就行了。"

一个男子问身穿广告制服的女孩，女孩手上一盘酱料："番茄酱要用这种，专门用来烹饪意大利面的。"

"肯德基里的那个不也是番茄酱吗？"

女孩笑了，边上其他人也跟着笑了起来，身穿厨师服的意大利师傅好奇地看着他们，依照意大利人尤以自家传统美食自豪的荣誉感，厨师要听懂那男子的问话，一定会感觉受到了侮辱，竟然拿美国垃圾食品的调料来类比！

登记最后一天，大厅里的登记台通常要加班，海外参加者因为飞机误点、时差问题，甚至在比赛当天才姗姗来迟。

点心师赶到大厅登记时，活动区域已经筹备得差不多了，他来得很匆忙，名片没有带，接待他的女孩听不懂他的话，我看了看他穿着公司的比赛服，核对了下名字就把入场证给他了。他很开心，一边签名一边说真担心拿不到入场证，他第二天很早就得入场做准备，忽然问："这里要写航班号吗？"

我一看，傻了眼，应该留手机号的地方居然印着航班号，"留个联系方式就行。"

不知道点心师是怎么想的，但很快他就说："我刚来中国，这是我在意大利的电话，如果我能接到从中国打来的电话，我会非常开心的。"

我笑着等他赶快签名，点心师依然很有兴致地说："我在活动区是做巧克力的，欢迎你们过来，有很多漂亮的点心。"

点心师走了后，我跟身旁的女孩说，"你可以去啊，很多好吃的。"

"不去，听不懂。"

"巧克力噢。"

她干脆不理我，整理登记名单去了。

活动当天一大堆人被拦在外面，一个小个子的意大利男子让人印象很深刻，他会讲中文，在大厅登记时和工作人员用中文对话，要求多加几张入场证。在大厅打入场证最头疼的是分辨外国人写的字，扭作一团，看半天还是看走眼，如果不是再三和他们比对，要求严格的非得重打好几次。

这个长得有些像年轻版强尼·戴普的意大利人不仅中文说得可以，拿了一张登记纸在一旁填写，递给我们的居然是张用中文写的入场名单，一边非常谦虚地用咬音并不很准的语调说："我的中文写得不好，很差，你们看不懂要告诉我。"

年轻版强尼·戴普神情超认真的，我郑重地点头把登记纸给打印的女孩，看到后面几个人在惊奇地笑。

被拦在活动区外的参赛者、参观者都有，迷你版德普带了老婆和两个孩子要一起入场，活动比赛开幕后不允许小孩进场。为了防止意外发生，场地方明确规定不许小孩进场，实在僵持不下只能让孩子去办公室，放心不下的大人最后只能另想办法。每当办公室来了孩子，同事之间就会商量下次要跟老板提议，在现场划出一块幼儿区域来，让代理们专门负责逗小孩。

所有活动结束的最后一天，大家都跑去采购，我快速逛了一圈只来得及买了几包意大利面,活动区拆卸得非常快,搭建了三天的比赛场地,几个小时就被拆成一块块光地了,我连番茄酱都没来得及下手,这下真得考虑肯德基的番茄酱了。

好几年前,父亲移民去加拿大的老板回国时带了通心粉和橄榄油送他,向来精于烹饪美食的他也没头绪,就搁一旁,互联网还不流行的年代连个可以询问的人都没有,那会儿吃西餐大多是去餐厅。

我把买回家的几包意大利面塞在冰箱里,转头就忘了这事。到了周末只剩我一人在家时,看到电影《给朱丽叶的信》中的美食,想起来我也可以这么犒劳自己啊,公司举行的活动结束后,我从同事的战利品中搜刮了一罐番茄酱,反正是下定决心要做来尝尝看的。

好友奈俐听说我要做肉丸面忙调侃说:"这是单身文艺女青年的首选美食啊!"

"你在讽刺我。"

"怎么想到做肉丸面的?"

我能说肚子饿得只想吃肉吗?还是说肉丸太可爱了,不吃下去都觉得可惜?

"你先把东西都准备好,我来找你。"

其实,每回有好吃的奈俐是绝对不会错过的,我在活动比赛那几天忙得晕头转向,她可是大肆采购了一番。她的公司主要经销进口产品，包含食品这一块，她就拉着公司负责人到处转悠，她对美食、用料颇为精通，合作方准备的样品通常也会送给她。

奈俐的父母几年前还经营着一家私房菜馆，后来年岁大了，奈俐又对接手餐馆兴趣不大，她喜欢的是西式餐饮，于是她父母就把店铺转手给别人，去过悠闲的退休生活了。

"肉丸意面是一道很普通的意大利美食，跟咱们吃炸酱面似的，方法也很简单。"她选了牛肉让我去解冻，查看了下我买的面条："这个牌子还不错，你抓阄的运气很好。"

"我知道几个牌子，有时候记不住罢了。"当然没法像她那么如数家珍。

她带来了欧芹、新鲜罗勒，这原本是我打算忽视的两样用料，被她鄙视地看了一眼，好像我已经无药可救了。

用切碎的欧芹、罗勒、盐、生抽、黑胡椒粉腌制牛肉馅，我徒手做成一个个小肉丸，放在热锅里油煎。奈俐将细长的意面散开在煮沸的锅里，砧板上是切碎的蒜和洋葱，我被熏得掉眼泪，而她像个大师，掌控全局。

"面煮的时间不能太长，我通常煮个十分钟差不多，不过要看包装上的说明，你这些还没贴标呢。"

"是啊，人家的产品还没在国内市场上架来着。"

煎好的肉丸一个个看上去很可爱，剩下的油锅用来蒜末爆香，再加入洋葱煸炒，洋葱变软后加入番茄酱。那罐同事让给我的番茄酱，奈俐看着觉得不错，一罐全部倒入："开了就全部用完，放到下次就完全变味了，越是好的东西越是这样。"

加完各类用料后就放入肉丸，裹着浓浓香味的肉丸，已经沥干水分的意面加完酱汁后搅拌均匀。我收藏的奶酪奈俐看不上眼，她带来了私房收藏，切碎后撒在出锅的面条上。

看到已经装盘的肉丸意面，我迫不及待地想尝尝了，被奈俐白了一眼，她正将两片罗勒叶装饰在盘子上，左右检查到满意为止。

"你简直就跟我们活动上那些意大利师傅一样，半点马虎都不可以。"

"这是种荣誉感，每个厨师都有。"

"以前你在私房菜馆转悠的时候，不是常偷抓一把好吃的就窜到街上去吃的吗！"

"我早不做这种事了。"

我觉得她身上肯定有事发生，吃面条时我对她的手艺赞不绝口。她在烹饪上绝对有天赋，但不喜欢整天待在油腻腻的厨房。她家的私房菜馆关门后，老顾客们很失望，她家的手艺是从她外婆那辈传下来的，外婆年轻时曾给人家做用人，离开宁波时主人家一度不肯，因为她要嫁人，以后不去人家里做事了。

她的母亲得到了真传，连带奈俐的父亲也跟着学了不少。起初只在街上摆个小摊,夏天晚上生意特别火爆,城市管制多了后,奈俐父母就租了铺子经营,去掉租费和一切杂费,每月赚头还不错,比以前赚得少了些,但稳定。

"我可能会去意大利。"

"跟你学意大利菜有关系吗?"

"他是我在厨艺班上认识的,我去给负责宴会的同学做帮手,他觉得我厨艺不错,问我想不想去学真正的意大利餐。"

"那你男朋友怎么办?"

"他对我很挑剔,尤其是我的体重。"

奈俐喜欢烹饪,热衷美食,很少考虑体重的问题。以东方式的审美观,她是丰腴的杨贵妃,脸很饱满,肤色白皙健康,有些人不喜欢,有些人则很喜欢。

"你男朋友真过分。"

"我有时觉得很自卑,为什么我不是生来纤细瘦长,可当我专心烹饪时,我觉得那些瘦身塑身的审美观很可笑,总把女人打造成这样改变成那样,放着好好的胃口只能饿着,最后什么都吃不下,甚至看到美味的食物只能干呕。人如果对美食都不再有兴趣了,活着还有什么乐趣?"

我对她的想法表示理解,我也只是在没话找话时才会说些关于体重的话题,多数情况下想的还是吃什么好呢。电影《推手》里,郎雄饰演的老爷子有个总是在减肥的外国儿媳，吃什么都在计算卡路里，精通太极的老爷子很不理解儿媳的做法，可他并不好奇儿媳的世界，儿媳好奇老爷子的世界，但没兴趣了解，了解了之后是深深的厌恶。

奈俐去意大利之前和家里进行了一番斗争，父母不希望女儿独自在外生活，尤其知道对方还是意大利人，心里更是不满，很多家庭要么极力希望女儿外嫁，要么极力反对。

一年后，已身在意大利的奈俐发了很多照片给我，电话里她兴奋地告诉我说，她去了佛罗伦萨、罗马、威尼斯、佩鲁贾，最喜欢的是米兰，下个月还要去西西里。她打算将父母接过去，中餐在意大利很有前景。她租的公寓楼里有各国留学生，做中餐时，很多学生跑进厨房看热闹，尤其做蛋饼的那次，差点把整幢楼的学生都招来了。

"哪天我要是回来开餐馆，你得把肉丸意面的手艺练到家啊！"

"你可得把葱油饼的手艺在那发挥好，不然砸了祖上三代的招牌啊！"

远隔千里，想起她教我做肉丸意面的情形，对胃口的美食就像找到对的人，会让人从内心深处散发出喜悦的味道。

养生粥

原料：
　红枣90克，糯米和山药各150克，枸杞和冰糖适量

做法：
① 红枣浸泡1小时再洗
② 糯米洗净后放入电饭煲，加水与红枣一起煮
③ 约10分钟左右放入切好的山药，继续煮
④ 观察食材的柔软度，加入冰糖和枸杞煮
⑤ 煮完后焖10分钟，放入焖烧杯更好，口感更佳

我所在的城市，每天坐公交、地铁，或走路上下班的人合起来有几百万人次，频繁地在城市各地流动，碰上熟人的概率并不低，想要从那么多急促的脸上认出熟人的概率却低得可怜。

念书时，有天傍晚回家时下起了瓢泼大雨，那时地铁线路十分有限，公交站牌下有很多人等车，有的拿包遮雨，有的干脆不畏雨淋，少有的几个人撑着雨伞，好半天才来的公交一下子挤满了人。我前面上车的女孩抢到了位子，正从包里翻出耳机，站在我旁上的男子在接电话，大约是女友来电，语气特别温和。

男子挂完电话后惊呼一声，座位上的女孩下意识地抬头看了看："呀，是你啊！"

"你怎么在这儿？"

"我家住附近。"

"中学毕业后就一直没见过你啊，你现在好吗？"

"还行，我刚下班。你现在怎么样呀？"

"过得去。你家搬到这里了？那我要去你家吃饭的。"

"好啊，好啊。"

女孩笑了起来，男子耍宝似的开始逗她笑："你变得我差点不敢认了，上车前还想着这美女是谁呢。"

女孩咯咯地笑："你现在双簧管不吹了，改吹牛了是吧？"

"你怎么知道我不吹双簧管了？"

女孩只好将话题转去别的事上，这两人就在拥挤不堪的车上聊起了老同学们的近况。没几站路男子要下车了，他立马想起问女孩要联系方式，一边挤向车门一边还在说："我一定要去你新家吃饭的，这可不能错过。"周围听到的乘客不由打量了下那个女孩，她有些不好意思，反唇相讥："我是在学做烹饪，你可以当小白鼠啊！"男子下了车还冲她回头笑，脸上挂着雨滴，隔着迷离的玻璃窗，竟有几分时光荏苒的伤感。

女孩望着那个身影，低下头戴上了耳机，忽然静默下的神情仿佛戛然而止的乐章，还没听够，就结束了。

我看到她对着手机上的号码怔怔发呆，猜想是在看刚才她同学的号码，她关上手机靠在玻璃窗上，在昏暗的车厢里，面目再难分辨。

南倩总嚷着要减肥，其实一点都不胖，穿衣服从来都是最小号的。她喊减肥的口号得照着反方向去理解，天生的瘦，怎么吃都不胖，可既然是美少女，顾影自怜的气质还是要摆一摆的。

家里的豆浆机买了大半年，只用过一次，当初只想着买最好的一款回来打豆浆，性能好功能也多，还能榨水果汁，只要不加热。南倩来我家串门时，见我将一碗五颜六色的谷物倒进豆浆机，很好奇地问："你在玩什么？"

"煮粥。"

她立即凑上来说:"我也要一碗,医生说要我忌口几天,我快饿成干尸了。"

前一晚临时起意,将红豆、绿豆、眉豆、花生、薏米、紫米、小米、玉米碎、黑米、红米、糙米洗了一遍,浸在水里一晚,倒入豆浆机煮两三个小时后加红糖调味。南倩听我说完,很感兴趣地说:"《红楼梦》就提到以粥养生,你煮的杂粮粥正合我意。"

她凑近瞧,又说:"你知道吗?以前我早餐经常吃粥,但后来粥卖得越来越贵,买的人还多,我就吃不上了。你这个粥,我小时候好像吃过,那时还觉得不好吃呢,你怎么会突然想到煮粥?"

"家里正好还有剩下的材料。"

南倩脸上一道阴云浮过,嘴上没停:"味道还不错,我不喜欢太甜的。你明天煮什么粥?我们一起出去逛逛啊?"

在她的张罗之下,每到夏天就厌食症发作的朋友们也来了,地点在南倩家。我扛着豆浆机,一路杀过去。似乎不趁着年轻不倒腾点犯二的事,这日子就白过了。

每个人根据自己的口味带了相应的材料,如菠菜、卷心菜、大米、加盐的火鸡肉,荤素搭配,不用担心饿肚子。绿豆、大米、红米、西米、加冰糖的干百合,盛夏用来消暑是最好的了,晚上用做消夜,就不用老惦记着烧烤摊上的烤串了。最奢侈的算是鲍香鸡丝粥,我们每个人都瞪着眼睛看,阿K说:"早餐能吃到这样的粥,一天的精气神儿都有了,现在煮好,想吃了稍微加热一下就行。"

南倩明知自己目前还消化不了鲍鱼、鸡肉这些东西,可看我做的时候特别认真。

食材有东北米、鸡胸肉、鲍鱼肚、鸡骨,米洗干净备用,鲍鱼肚、鲍鱼、鸡胸肉切丝,鸡骨熬成高汤,高汤和米一起煮成鸡粥,大约40分钟后加鲍鱼肚和姜末,煮20分钟左右,加盐、胡椒粉调味,撒上鲍鱼丝、鸡丝、葱花、香油和白芝麻。还在等的时候,众人已经被一阵阵香味引诱得不行了。

忙活了几个小时,每个人带来的材料都用上了,还临时做了创意的更改,味道好的被哄抢,不好的就被推到一边,所有吃货们全部吃个碗底朝天。多出来的材料,如鸡肉、熏火腿,摆上好酒一起分了。南倩家有源源不断的红酒,吃货们也都带了各自喜欢的饮料,原本一场煮粥大会,演变成了聚餐盛会,大家一边吃还一边感叹以后一定要多聚聚。

"南倩有男友,她哪有那么多时间啊?"

她立即反驳:"哪次聚会我缺席过的?"

一直到傍晚,聚会才散。剩下南倩和我,我将洗干净的豆浆机带回家,手上还有三个保鲜盒的粥,天晓得路上怎么办。她男友来的时候,我还在打包,以前没见过,听说是南倩后来认识的,可能觉得感情不确定,还处于朦胧阶段。

南倩做了简单介绍后,她男友坐到沙发上看电视,在厨房收拾的南倩问我:"我一直想带他来参加聚会,不过……"

"你在担心什么?"

"我觉得他好像另有想法。"

她男友似乎有几分眼熟,大概这个年龄的男子都喜欢拉长脸装酷,长相也就差不多了。南倩的担心我听出了弦外之音:"他还有别人?"

"我没打算很认真,如果他有别人我也不在乎。"

我后悔问了,南倩是个很矛盾的人,她无法接受喜欢的人心里还惦记着其他人,即便她并没有多喜欢对方,每次分手最让她受打击的是:她只是别人的备胎。

有那么一刻,我忽然想起她男友看起来很像是那天在公交车上与老同学偶遇的男子,不过此时的他看起来更成熟内敛些,完全没有当时那种恣意神采,我想自己可能认错人了。

我家附近的学院周围,每到晚上大排档前人潮涌动,学校放暑假也不例外,住在附近的居民都跑出来吃消夜。

学校的大门关得严严实实,一个女孩坐在门口前的石墩子上,手上拿着黑管子,仔细一看应该是乐器。不一会儿,走来一个男子,两人有说有笑地聊天,从他们的肢体语言上看得出他们很喜欢对方,拘谨的举止停留在互有好感的朋友阶段。

我买了份汤面准备回家吃,看见他们在我前面一张桌子坐了下来,那一瞬间,我认出男子是南倩的男友,那女孩似乎是雨天在车上听耳机的那个。南倩的男友没注意到我,女孩长得眉清目秀,一双眼睛望着他顾盼生姿,嘴角无法难掩喜悦。

我看不见南倩男友的表情,他热络地问女孩喜欢吃什么,有哪些忌口,夜排档上没有女孩喜欢的饮料,他跑去最近的便利店买了不同口味的回来,女孩安静的眼底泛起涟漪,两个脑袋凑近彼此说着悄悄话,在闹哄哄的夜排档里,宛如一片静谧的恋人小岛,与他人隔绝。

"这支双簧管和你以前用的像吗?"

"嗯,你朋友肯转让,我很惊讶。"

"你会考虑和他们一起练习吗?那天你的表演,一点都不像已经放弃双簧管的人。"

"记忆还在,但感觉已经很不一样了。"

女孩忽然住了口,微微低下头。那会儿,我等的汤面已经好了,经过他们时,听到"演奏的时候你就像另一个人"。

"什么样的人?"

"你内心想成为的那个人。"

我猜想他们此时脸上的表情,仿佛听到某种默契相通的温柔,轻盈如露珠般落入池塘。

年轻又不够成熟的生活，充满变数，若是许久不提的人，那多半是分道扬镳了。南倩很少提起男友，煲粥聚会时，大家疑惑的神情也证实了绝非捕风捉影，巧妙地避开在她面前说起男朋友的话题。

"她怎么了？"一人问。

另一人犹豫地看了眼正在厨房忙碌的南倩，压低声音说："听说分手了。"

"不是好好的吗，发生什么事了？"

"好像是吵了一架，然后南倩发现他手机里一些短信、通话记录，她男友非常生气，说他不需要再有一个妈来管着他。"

"南倩每次恋爱，都会很紧张，就算嘴上说不在乎，可心里完全不是这样。"

"她发现什么了？"

众人面面相觑，悄声说着话，我偶然看到厨房门口伫立的身影，立刻把话题岔开。大家吃完离开后，只剩下我和南倩，我试探着将那晚在夜排档上所见的一幕告诉她。南倩安静地听着，有时抬头看向厨房窗外的远方，仿佛在听别人的事。

南倩的情绪好像刮台风，一阵一阵的，冷静下来时她也很讨厌这样，她说缺少安全感，必须很努力才能克服自己的浮躁和妄想。每当发生这种情况时，她会暴饮暴食，吃到再也撑不下为止，然后去卫生间吐出来。上次她吃坏东西，急性肠胃炎发作，每到一个阶段便会周而复始，又无能为力。

"因为焦虑吗？"

她点点头："我不能吃难以消化的东西，可我还是忍不住专挑那些食物尝试，越不可能的事才越值得去做。我认识他的那天，是在朋友的聚会上，我跟别人打赌能追到他，他当时看起来心神不宁的样子，我看到他正在拨一个号码，一会儿又按掉。我猜一定是某个女孩子，我就去和他聊天，他看起来很高兴也很意外，晚上他送我回家，他约我改天一起出去玩。"

"我们第一次约会时，他带我去听音乐会，他喜欢古典乐，能说会道，他满足了我从小到大对男友的所有幻想——"

"完美的幻想？"

"有时我想跟他坦白那次赌约，就算说不出口我也想问他关于那个电话号码的事，我会不可救药地沉迷于琢磨不定的事，无法停止下来。"

"好胜心？"

她愣了一下，脸上闪过困惑的神情。我听说她很小的时候父亲离开了她，几年后重组了另一个家庭，尽管父亲抛弃了她和母亲，但南倩更爱父亲，她喜欢去父亲的新家。她母亲是个很严厉的人，凡事苛刻，追求完美。即便南倩表现得再好，她母亲从不会肯定她一句，所有母亲反对的，她只能服从，包括食物、选择男友。

天渐渐黑了下来，静悄悄的，门外突然响起了敲门声："是我。"

南倩的男友忽然站在门外，手上拿着黑色的双簧管，我赶紧告辞先走，她冲我皱了皱眉，我只当没看见，直接走了出去。

站在楼下，我不禁回头看了一眼，隐约中听到双簧管幽美的乐声。

"他对我说，不是让自己变得完美，而要让自己过得快乐。"几天后，南倩给我打了电话。

"他的那个同学呢？"

南倩想了想，说："如果那天他不是迟疑该不该给她打电话，而我也没有因为妈妈数落我的失败，我大概不会跟人打赌去追他。他已经知道了，反而还很开心，他和那个女生很早以前喜欢过彼此，但一直忍住没说，后来就错过了。"

"你们算是和好了？"我笑着问她。

"能有人忍受我爱唠叨又神经质，没事就爱煲粥、煲电话粥，已经很好了。"

可乐鸡

原料：
鸡腿、可乐、葱末、姜、料酒、酱油、花椒

做法：
① 在大碗里放入葱末、姜、花椒、料酒、酱油，搅拌均匀
② 加入鸡腿，封保鲜膜，放冰箱腌制半小时
③ 热锅，放入腌制好的鸡腿，小火煎至呈金黄色后继续翻面
④ 倒入可乐，观察汤汁的浓稠度即可出锅

露西亚是比赛活动中临时找来的女孩，动漫展上奇装异服的一群人中，她显得有些安静，身旁一波波等着揩油的宅男，眯着眼睛打量她，要求合照。

我走到内场才发觉走错门了，现场安保也没拦着我，一路急匆匆地赶着去处理事情，衣服上的工作牌大概被当成了主持人的标志。

有好几年夏天的活动和动漫展背靠背，这次前后只差一天，现场忙乱得直跳脚，很多观众都走错入口，专业观众去买票看了收费的动漫展，气得堵在门口又是骂人又是投诉，动漫展的观众穿着cosplay服被拦在门口不准进，他们想要抄近路，38℃多的天气谁也不想绕那么一大圈。眼看僵持不下，我如果再不松口，后果难以想象。

一直在擦汗的几个cosplay年轻男女对我又翻白眼又甩脸，我解释说："你们不是我们活动上的专业观众，没有入场证不能进，现场两个大型活动同时举行，必须得看清标示。"其中一个穿着火影T恤的男孩冲他们说："算了，我们绕点路这会也走到了。"火影男走了几步歪着脑袋冲我直摇头，眼神轻蔑冷酷，长得再帅也让人倒胃口。

发觉走进了动漫展，我赶紧往外走，忽然听到一个女声："能请你帮个忙吗？"

穿着动漫服的女孩局促不安地说，脸上的浓妆掩不住青涩，我问她："什么事？"

"我的同伴走开好一会了，我想去趟洗手间，可那边的门不让走，你能带我进去一下吗？我不能走开太久。"

我猜她是看到我的工作牌以为我是动漫展的主持人，只好说："好，走吧。"

她叫露西亚，美专大二的学生，在一家动漫设计公司做兼职，打算趁着假期多赚些社会经验，到了现场才知道要穿夸张的衣服，一整个上午她都在满脸懊恼地计算着结束的时间。

"之前没跟你说？"我问。

她摇头，"就说要穿制服，我不知道原来是这种，配了条很不合适的肉色丝袜，还钩坏了。"

"只要场地允许，有时会增加一些活动，人实在太多了。"

"咦，原来你是这个馆的，这是完全不一样的吗？"

很多人会误以为主场里的都是一家，其实完全没有任何关系，我说："是啊，这边人还少些，洗手间排队不会太长。"

露西亚很开心地道谢，捂着丝袜上钩破的一块去排队。我忽然有些不忍，几年前也像她一样一边念书一边兼职，唯一不同的是不用穿制服，我说："我有双备着的丝袜，新的，你换上试试，不用还我。"

露西亚惊喜地点头，"一上午都怕被人发现，一个接一个合影，我都不好意思整理一下。"

我取出随身小包里的丝袜给她，便要返回办公室，她忽然一把拉住我说："你对动漫感兴趣吗？我能弄到门票，我送你吧。"

我没拒绝她的好意,就在洗手间门口我和她交换了联系方式,之后她还发了条消息说黑色的丝袜很合适,她很喜欢,加了很多笑脸。

去杭州那天,一下火车天就下雨,和朋友逛去西湖,两个人连伞也不撑地绕着西湖走,烟雨婆娑,不少游人都丢开雨伞感受着夏日的清凉。

出发前没想到预订酒店,打算在西湖边上找一家,结果不是客满就是贵得惊人。边发愁去哪落脚,边跑去快餐店等雨停。露西亚打来电话时,我还在疑惑是谁?

"来杭州看动漫展吗?很热闹很好玩啊,我有门票,你还能和同学一起过来!"

背景有很多杂音,轰隆隆的音乐和人声鼎沸,我说:"我就在杭州啊!"

"哇!好巧,你快点来、快点来,据说有明星助阵,我把地址发给你。"

我还在犹豫是不是真的要去,好友卞瑶一听有动漫立刻激动万分,早就在一旁跳着满口答应。

卞瑶一看地址说她认识,于是立刻打了车前往,她是典型动漫迷,念书时只要能抽出空一定会到处去看动漫展。车到馆外,穿着一身女佣制服的露西亚已等在入口处了,走去场内时她很开心地跟我们介绍动漫展的情况,还问我们喜欢哪些类型,她有办法弄到签名本。

"你们当天来回吗?真希望你们能多待两天,有很多好玩的地方。"

"住的地方还没订,实在不行只能买票回家了。"卞瑶道,我不由瞅了眼卞瑶,她到底是几个意思呢?

"这容易啊,我是来帮朋友的忙,你们可以住我那边,明天我们可以一起出去玩,怎么样?"

"你这儿能走开吗?"卞瑶说。

"可以啊,本来我就不打算做整个展期,被人揩油烦死了。"

卞瑶立刻点头表示愤懑,说起了以往在动漫展让人气愤的遭遇,大家纷纷同仇敌忾。

露西亚每走一段路就有很多人上来合照,我们约好结束在哪见面,便分散开了。

"还是头一回来这里看动漫展,晚上吃什么好呢?"来之前,我俩刚各啃了一个汉堡,炸鸡腿没吃着,全掉地上了,卞瑶一路念叨非找机会吃回来不可。

疯狂的动漫粉丝好几次差点把我和她冲散,成年人和未成年人界线难分,好像是突然被扔回了童话世界,最终我和卞瑶也走散了。

差不多闭馆前一个小时,很多人已经往外走了,打车很伤脑筋,我背着双肩包早就累垮了,便买了饮料来回踱步等她们出来。卞瑶手上一堆东西,大多是纪念品,等到露西亚终于出现时,卞瑶和我一致提议先去吃东西。露西亚勾着我和卞瑶的胳膊说:"我们去古镇好不好？好不好？真的很好玩,我有个同学要回老家,可以顺路送我们去!"

事情就这么凑巧,露西亚的同学开车送我们去西塘古镇,几年前我曾去过,与许多古镇相比,西塘保留得还很完整,尤其秋日清晨的萧索冷冽让人深感年华似水。我们三人都很喜欢这个突然的决定,一路上叽叽喳喳,露西亚的男同学一脸快要昏过去的神情,从后视镜里不时瞅一眼,确保我们不是在吵架。

工作后,生活是机械式的规律,城市的夜幕下藏不住都市人的浮躁烦闷,但凡能逃出那种窒息的节奏一定乐此不疲。

抵达目的地时夜幕已降临,我们仨急行军似的冲入景区,一路开心地去找临水的旅店下榻,价格都差不多,现在也不是旅游旺季,临水那排的房子亮着红灯笼,偶尔还有小船经过,我和露西亚一路商量哪个旅店更好些,转眼又被琳琅满目的小店吸引,每次来的感觉都不一样,这次莫名地尤其喜悦,像是忙里偷闲的意外奖励。

谁知,回头一看卞瑶不知去哪儿,这丫头绝对没有方向感,我很着急地打电话,露西亚安慰说:"这镇很小,转几圈总能碰上。"

说走就走的旅行大概就是自己是个没计划的人,结果又碰上了一群更没计划的人。直到我和露西亚找到了一处很不错的临水大房间,卞瑶打着电话不知在哪跟人讨价还价,我很郁闷地与露西亚面面相觑。

"快饿出人命了,你到底在哪里呀?"我说。

"有好东西,你们谁去问问能不能借到炉子炒菜,快去,要紧!"说完,她直接就挂了。

露西亚眨巴了几下眼睛,说:"很有挑战,我去和包租婆商量看看。"

古镇的旅店很多提供饭菜,可没听说过还能租炉子炒菜的,包租婆大约40多岁,有个小儿子在外间写作业,老太太在里间看电视,她听了我和露西亚奇怪的要求后,诧异地打量我们一会:"你们会下厨?"

我们都非常认真地点头,保证不会把厨房弄得一团糟,而且一定会收拾干净。卞瑶进来的时候提了一塑料袋的东西,补充说:"我们只借厨房,不借用其他的。"

于是,包租婆收了不多的钱,她感兴趣的是我们究竟要做什么菜,在她看来别说城市里来的游人,就连镇上长大的女孩会烧菜的也不多了。

卞瑶买了一堆鸡腿,其中还有可乐和一些配料,问包租婆借了料酒、油等,露西亚将清洗过的鸡腿放进碗中,我负责加料酒、盐、胡椒粉,腌渍入味。卞瑶将葱切段,姜切片,蒜头切开,小米椒洗净。锅里的油已经热了,一人一手抓几块腌渍好的鸡腿丢入锅煎,不断翻动鸡腿直到呈金黄色,然后放入葱、姜、蒜、八角、花椒翻炒出诱人的香味。鸡腿的量不少,选了瓶个头大点的可乐全部倒入,烧开后撇去表层的油和沫子,大火烧开后改中火继续烧,中间汤汁少了些就添盐调味，颜色浅了就稍微加些酱油。我们三人都喜欢吃辣，小米椒全被丢进锅里提色提味，最后撒上香葱末就可以出锅了。

包租婆几次跑来看我们究竟倒腾出了什么，后来连她儿子也在问："什么东西，好香啊。"

卞瑶急不可耐地抓了一块就吃，烫得咬不下去也不肯放手，露西亚拿了只碗，我就盛了一碗给包租婆送去，她不好意思地推了几下，我说："以后没准能加入店里的菜单啊。"她儿子已经探头探脑等得很着急了，包租婆很开心地收下了。

可乐鸡最合适吃货，尤其是那种没吃到炸鸡块就浑身不舒服的人，盛出的两大盘被我们三人在房间里就着饮料很快消灭干净了。

夜幕之下，古镇魅影丛丛，收拾起相机、手机、拍立得，我们准备去河边捕捉风情，像我们这样的三人团队还不少，精致的小店一度挤不进去，店门口的暖黄路灯温柔动人，印在拍立得的相纸上分外璀璨。露西亚站在河岸边看风景，我在穿堂而过的走廊上运用景深模式抓拍她的背影，尽管屋内灯火耀眼，她站在深蓝的角落里，而我站在有路灯的石板路上，曝光不足的成像使得画面有种哀伤的深远。

卞瑶选定一个排档，我们三人各要了一瓶啤酒，点了几个小菜吃，互相嘲笑很有种林下贤士的腔调，就差没把睡衣穿出来夺眼球了。

"和闺蜜出来玩，和跟男朋友出来玩是完全不一样的。"卞瑶说。

"那是，男朋友转眼就分了，为了不知道的什么事。跟闺蜜一起就算气得要打架，下次一样会开开心心地收拾出发。"我说，不理会卡瑶投来的白眼，这次出行原本就是为了陪她出来散散心，交往了几年的男友说没有结婚的打算，好像从没有爱过她，分手两天后对方立马有了新女友。

女孩最受打击的不是背叛，而是这么显而易见的羞辱，明明两人还没在线上取消关注，对方已经争分夺秒地在秀和下一代的恩爱照片。

劝慰的话没用，所有知道的朋友都帮着一起骂男的不要脸，转过头"吓唬"卡瑶不要再去关注前任的任何事，大家心平气和地接受"死了"的前任才是好前任的说法，精神上的死也是死，不用多想实际意义。

"我真谢谢你们陪我来这，几个星期前还说要和他一起去旅行的。"露西亚轻声说，我和卡瑶停止打闹瞎扯，一想到那些不能付诸行动的计划和变数，怎不让人唏嘘。话匣子打开，大有不吐不快之势，工作后最先学会的是隐藏真实情绪，小心谨慎地处理人际关系，在每个扮演的角色里懂得分寸。

小木桌上好多瓶啤酒，我们三人喝得有点儿醉，露西亚说了很久关于她和男友的事，女孩多是渴望将初恋进行下去的，男孩不愿意了，他对露西亚说："我有我自己的计划，跟你就没什么关系了。"他仗着露西亚喜欢她，每次找她不是帮忙就是三更半夜，目的达到后一如既往地失踪。

露西亚从手机上翻出照片，她说有几张舍不得删，不是因为他，是为了她自己，遇见任何人都可能会是同样的结果，和他在一起也有很多开心的时候。

翻到一张正面合影，女孩笑靥如花，男孩拉着一张酷脸，只差没比个兰花指，我看了觉得眼熟，忽然想起动漫展上身穿火影T恤的男孩，还有他同伴中某个格外妖娆的女孩，两人的眼神明显是暧昧的。

"我发现他和别人在一起了，他不承认，也不说分手。就是你借我丝袜那次，我跑上去想看个清楚，把丝袜勾破了，他不知道我也在那个动漫展上，和那女孩一路卿卿我我。"

卞瑶吞着啤酒，默不作声。我轻声说："别把他的不想分手错以为是对你的挽留，女孩总是感性地猜想是这样、是那样。当然，他未必就是混蛋，碰上自己真正喜欢的人，每个人都愿意把自己最好的一面表现出来。"

"我不是他喜欢的人？从一开始就不是？"露西亚的声音委屈极了。

"女孩会看得很重，后来才渐渐明白，一些男人其实是无所谓的，哪怕结婚也是找个差不多的过就行，不是被甩或追不到，就是觉得不重要罢了。"卞瑶缓缓道，酒杯挡住脸，不让人看到她眼角的泪。

夜晚更凉快了，石板路上来往的游人已渐渐少了，我们三人摇摇晃晃地走回旅店。

两张大床加一个折叠床被我们拼在一起，这样能睡的地方就非常宽敞，包租婆见了肯定不会太高兴。电视开着，手机放着音乐，我们三人靠在枕头上吃东西说悄悄话，还咂巴着嘴回想可乐鸡的余味，好吃的东西用简单的方法就能完成，生活得简单也能感受到快乐。

睡到半夜里，我们突然被惊醒了，不知从哪传出的噪音，临河的窗口下一桌喝得没完没了的食客发起了酒疯，有人劝，有人压着嗓音咒骂，大约说那男人活该，喝死算了，每次发酒疯了才想起来要找某某诉衷情……

这下我们都清醒了，干脆起来烧水泡茶，翻出零食继续看电视聊八卦。河岸又恢复了静谧，一直到晨曦渐渐明亮，河上的船夫划着船出来清理河水，长长的木浆缓缓拉出一道道涟漪，像是绸缎起了丝。

一次次的闹剧、误会、争吵后，还是会回到平实的生活。

芦笋浓汤

芦笋浓汤

原料：
土豆、芦笋、培根、牛奶、盐、胡椒、黄油

做法：
① 土豆去皮，芦笋洗净，切碎 / 切段
② 食材放入锅里蒸10分钟左右，切下笋尖备用，培根切碎
③ 芦笋、土豆和适量牛奶放入料理机打碎成糊
④ 汤汁倒入锅里加热，可以加些黄油或奶酪，加适量盐和胡椒粉
⑤ 最后加入笋尖和培根碎末，等上2~3分钟即可出锅

依艺是个非常精致的完美女子,初见时,印象最深的是她两条极其细致的眉毛,皮肤通透白皙细腻,像个瓷娃娃,没有一点瑕疵。

当别人询问她护肤心得时,发觉她衣着没有一丝褶皱,她说:"我妈妈穿在身上的衣服一整天都像刚熨烫过一样,我们家吃晚饭,绝不允许有汤勺杯筷的声音。规矩从祖父祖母起就有了,我妈妈那边也是,你们来我家看看就知道了。"

没去她家之前不会从她的外在多做猜想,穿衣打扮上她讲究精致,只让人感觉她对生活的细节很注重,一走进她家真像是走进了艺术馆。

客厅摆着张长桌,她家里吃饭都在这间,一打开门就看见,深色的饭桌给人以厚重敦实之感,她说:"吃饭时,只能在这间,我妈妈很讨厌油腻的东西,每天都要做清洁工作,储藏室里有各种各样的清洁用具。"

"你妈妈是医生吗?"卡瑶好奇道。

"她是护士,现在是护士长。"

"你爸爸也在医院工作?"

"不,他有自己的生意要做,每次出差回来会给我带好看的铜锣烧。"

她有非常纯粹执着的一面,喜欢卡通人物,Hello Kitty 主题的吃、穿、用都有,连铜锣烧也是,她用作收藏,蕾丝布盒里放满了各式各样的铜锣烧,说:"我会放上一段时间再吃。"

她房间的架子上有一排整齐的芭比娃娃，怕灰尘堆积，每个芭比都用透明包装纸封好。在各种卡通人物珍藏中，她最爱的是SD娃娃，这个娃娃好几年前在日本出现时，价格贵得非常惊人。依艺的父亲经常出差往返日本，得到她第一个SD娃娃时，她惊喜得爱不释手，拍了一堆照片上传在她的空间，现在她的玻璃橱里大约有十个左右，若非这些娃娃的服饰着实贵得难以想象，她会一直收藏下去。

"我本来对穿衣、化妆不太注重，收藏了SD之后，我学会了很多发型、化妆技巧，还有裁剪衣服，我给他们做过一些衣服，太难了，那么小的款式，还要做得那么精致。"

我曾听过一些关于SD娃娃的"传说"，虽然知道是玩笑，目睹这些逼真的人偶，我忍不住往窗外看了一会，晚上月光投射进来，这些人偶真的不会突然醒过来吗？

卞瑶瞪大了眼睛，微微张开了嘴，说："你晚上睡在这里不会怕吗？"

"怎么会呢？"依艺反问道，"把他们都当作观众，他们在看着你，我每时每刻都要注意自己的举止，你会越来越满意自己的进步。"

"这些衣服是你做的，还是买的？"我问。

依艺看了眼，缓缓道："我做的那几件不行，我喜欢舞会裙装，太美了，一套裙装太贵了。我上次去日本旅行时，刷爆了三张卡，就买了两套舞会装，其他都买了我用的护肤品。"

女孩子都喜欢名牌护肤品，依艺当然不例外，她属于非常冷静理智型，从琳琅满目的牌子中甄选适合自己的，她会为了找一款合适她用的粉底，一直试上百种，脸上都蜕皮了。她喜欢极致，说："找护肤品就像找婆家，只能选最合适的。"欧美各大名牌中，她专注地用其中几款。

"这个蒙奇奇我从没见过，好可爱！"卞瑶羡慕地说，眼睛眨也不眨地看着。

我能看出，依艺心里很满意，说："也是我上次去日本买的。"

她打开衣橱，给我们看她的裙装，一个个礼服衣架上挂满了形形色色的裙装。卞瑶凑近看，狐疑道："一个标签都没看到，你都剪了吗？"

依艺随手拿出一件，仔细翻给我们看，说："是本来就没有。"

她和她母亲的礼服都是定制的，储藏室里堆积着陈年累月的时尚杂志，她看中哪一款，就剪下来贴在本子上，她母亲每年带她去专门的定制店裁剪，她骄傲地说："是全手工的，你们看衣服的针脚，这种类型的搭扣。定制店的老板祖上三代都是裁缝师，我爷爷奶奶那辈就开始在他们家做衣服了，手艺是没话说，最早专门做旗袍、西服，现在做的人少了。他有个徒弟专门做女性时装，跟一般的设计师不一样，他自己设计衣服，再手工做出来，每个月才几件，找他的人太多了。我母亲的旗袍就是这家店老板亲手做的，面料、配饰是她自己带去的，一件做下来不便宜，但穿在身上的效果真是好，外面绝对买不到这么好的。"

除了客厅和依艺的房间，走在这样的屋子里，我和卞瑶很小心翼翼地不敢乱碰东西，不少家具上覆着防尘布，长桌上一大瓶鲜花，仔细看看，似乎是真的，花瓶的花纹雕琢得异常精美。四周墙壁都用素色的漆料，包括家具也是，长桌是唯一的深色。初看感觉太显眼，依艺解释说："饭桌上最容易沾染油腻，一定要用深色才能遮盖。在家里，只要吃东西，就一定要在桌上，房间里不许放吃的。我盒子里的铜锣烧，妈妈知道我舍不得吃，才允许我放的。"

"你爸爸不抽烟吗？"我问。

"戒了。"

我好像问得有点多余，她母亲这么洁癖的人，绝不会容许烟灰到处都是，可能更忍受不了烟味。依艺手上拿了个小巧的胭脂盒，像是腮红。

"我在香港有个姑妈，年纪很大了，离了两次婚，第三次嫁了个富商。去年我们一家人去做客，吃饭时必须要换上礼服，我还以为是有客人在场的晚宴，其实就是普通的家庭晚餐。"

"这个……听起来很像《唐顿庄园》啊，你姑妈嫁给了英国……老管家？"卞瑶舌头打结地说，不时看看我，好像我会给她鼓励似的。

"不是。具体做什么生意我不知道，但听爸妈和姑妈聊的都是宴会活动之类的事，我猜想她嫁的人很有地位吧。"依艺把胭脂盒给我们看，卞瑶惊喜地说："哇！是香奈儿的，这个颜色真好看啊！你用这个?"

她打开胭脂盒沾了些在指上,在手上抹开,说:"我平常很少化妆,我见姑妈的第二天,她塞了这个胭脂盒给我,对我说'我知道你不用腮红,但女孩子一定要让自己的皮肤好得让别人嫉妒'。她自己看起来就和她实际的年龄差很多,她有一套专门的美容保养方法,穿的时装是高级定制,姑妈和我妈闲聊的时候,我就走开了。"

"你不想听听?"卞瑶奇道。

"她们认为我现在注重皮肤的保养比化妆重要,还有就是控制体重。"依艺翻着手机上的照片,说:"家庭晚餐还稍微好些,但如果是出席人多的宴会,从头到尾我没见过哪个女客多吃一片菜的,因为一多吃穿在身上的礼服会马上显现出来,我和别的女孩一样,就拿着葡萄酒,偶尔很小很小抿一口。"

我和卞瑶对看一眼,都觉得对方没可能出席这样的宴会,索性关心起了宴会上都有些什么好吃的。

"很好看,味道闻起来也很香。"依艺开心地做了个好闻的手势,手上的胭脂抹在了脸颊上。刚才还不明白她姑妈为什么要送胭脂盒给她,现在明白了,她的肌肤像白瓷,好是好,却不生动,香奈儿的这款腮红很衬她的肤色,整个人都水润鲜亮了起来。

卞瑶恋恋不舍地端详着粉盒,依艺笑着说:"我用了以后,真的很惊讶姑妈的眼光。也难怪,她嫁得一次比一次好。"

依艺家的厨房，装修上花了番大功夫，她妈妈最讨厌油渍，加上多吃油不利于健康，很少炒菜，喜欢用煮，汤是餐桌上的宠儿。

"能吃饱吗？"我问。

依艺身材纤细，维持在 46kg~48kg，身高 165cm。她自己不满意，她希望的是 45kg 以下，说："我在香港的时候，跟姑妈去参加宴会，到场的人有几个是女演员，屏幕上看到还觉得有婴儿肥，脸大了些，真人一个比一个瘦，脸一个个比手掌大一点点，餐桌上她们什么都不吃，红酒最多喝一两口。我跟她们聊了几句，她们告诉我说像这样保持身材，已经好几年了。"

"她们满意自己的身材吗？"卞瑶挑眉问。

"不。"依艺想了想，又说："我撑不过三天，饿得快昏过去了。"

"瘦到极致，再小的衣服穿上身都有晃来晃去的感觉怎么样？"我问。

依艺忽然笑了起来，说："还不错，极致的状态出来了。"

说到美食，依艺推荐了芦笋浓汤。

"女孩子要多吃清淡的东西，但完全吃素是不行的，肉类中含有对皮肤有益处的胶原蛋白。能吃下去被吸收的营养，才是真正的有用。喝汤能够缓解饥饿感，要在饭前喝。姑妈家的餐桌上经常会出现各式各样好喝的汤，我特别喜欢芦笋浓汤，排毒、瘦身、养颜，我每隔一天用来作为晚餐,偶尔搭配一小碗米饭。"

芦笋的味道有些不习惯,和土豆一起放在锅上蒸,切碎的培根依艺用小火慢煎,说:"不用放油,芦笋尖切下来,土豆和芦笋用料理机打碎。"她一边说一边添上黄油和牛奶,我和卞瑶帮不上忙,这道菜她已经驾轻就熟了。

煮完的汤很浓稠,加上调味料,最后把培根和芦笋尖添进去。

"看,这就是我的晚餐。"

只有满足的味蕾和充实的胃才能真正安慰自己,我心想。喝了口浓汤,牛奶和土豆的浓香中带出芦笋的清新,饥饿感仿佛被抵消了,想着漂亮的礼服和俏丽的身影,抓着调羹的我调整了下手势,要怎么拿在手上才显得更淑女呢?

卞瑶嚼着芦笋尖,说:"芦笋只能蒸吗?"

"笋尖是蒸的,其余部分和土豆都打碎加汤煮。饮食上,蒸是最好的,保留了食物自身的营养价值,煮也不错,炒就差一些,最不好的是油炸,这一类要少吃。"

长桌前,我和卞瑶都衣着休闲,依艺身着套裙,从始至终没让汤勺碰到过一下盘子。淑女规范中有一条,淑女在进餐时,要像有个秘密需要悄悄地说。

"这是西餐中常见的浓汤?"我问。

"嗯,很多浓汤里会用到土豆,多吃不用担心发胖,薯条这类不能算。"

"难怪淑女在进餐时都光顾着喝汤……原来是想减肥。"我说。

依艺笑了出来,立即用餐巾捂住嘴。卞瑶想学依艺的坐姿,一下子又歪在椅子上,问:"你妈妈坐在椅子上真的从来不靠着椅背?"

"嗯,而且只坐三分之一,背挺得很直。"

"那你家熨斗没什么用了。"我看了眼储藏室的门。

"我怎么有种想在你爸妈回家之前赶快逃走的冲动?"卞瑶忽然说。

"我也是。"

依艺看了看我们两个,说:"以后你们可以试试,吃饭的时候穿上最喜欢的衣服,由不得你们不小心翼翼。"

穿过路口,越过人群,我和卞瑶一路回味着芦笋的清新涩味。

"以前就听说依艺家里规矩很多,住在她老房子周围的同学说她奶奶年轻时就很时髦,还是留学归来的,是那个年代的名媛。"卞瑶道。

"我听到的版本是她外婆当时嫁了一位名人,以前还有报纸专门去她外婆家做采访,最后都被谢绝了,她外婆藏了很多经典的旗袍和衣料,还有人想花大价钱购买。"

"这么多年的衣料还能用?"

"《花样年华》里的旗袍布料也有藏了很多年的,京剧行头时间长过祖辈的年纪了,顶级的布料加上手艺,完全是艺术品。"

"难怪呢,她妈妈能找到这么好的定制店。"

后来有天,依艺翻出张旧照片给我们这些没见过世面的小伙伴看,照片上的女子们穿着定制的、面料上等的旗袍,蕾丝、丝绸都有,男子们一律西装,打上领结,一眼看去中西结合,坐在长长的餐桌前举着手上的玻璃杯,每个人对着镜头微微而笑。

"这是我爷爷和奶奶年轻时出访欧洲拍的,到现在有八十多年了。"依艺很小心地将照片装回相册里,照片背后用繁体写了日期和地点,说:"我爷爷去世前,我问他我能保管这张照片吗?我不惦念奶奶的漂亮衣裳,唯独羡慕这张照片,八十多年前的生活也有这么温柔精美的一面,餐桌上每件餐具摆放得这么讲究,每个人好像永远不会出错。"

我们凑近脑袋端详黑白照上模糊的人,历久而弥新的年代里,一群正值花样年华的年轻人,赶在按下快门的那一刻,随手摆了个姿态便成了经典。

PART 5

人间烟火气，最抚凡人心

一日三餐 一蔬一饭

是最简单却也是最质朴的美好

一碗热汤，可以驱散寒冷冬日的阴霾

一块蛋糕，可以满溢整个夏天的欢喜

让我们一起用温柔当佐料

把最平凡的日子过得热气腾腾~~

16

方便面新吃法

方便面新吃法

原料：
适合口味的方便面1包、西红柿1个、新鲜绿叶菜半颗、鸡蛋1个、一点葱

做法：
① 锅内放入一碗水，将西红柿切开，放入锅中
② 待水开后加入方便面，将鸡蛋打碎放入进锅里，随后加入调料包
③ 大约几分钟，鸡蛋熟了再放入绿叶菜或爱吃的配菜
④ 方便面稍微透明后撒上葱，完成出锅

当那对年轻夫妻一路吵到门外动起手来时，一岁半的儿子很淡定地咬着大拇指看大人的过招，我趁机闪进门，差点跟迎面而来的焦莉撞头。

"啊呀，你来得真早啊！"

"就是特意为了避免成炮灰捡这个时间来的，怎么还在打架？"

焦莉自己租了个单间，那对常打架的年轻夫妻就住在她隔壁，这栋老式的公寓楼里还是两户人家共用一个大门、厨房，卫浴独立。我辞职后的一段时间经常来找她，她在网店出售她自己的手工制作，用各种材料拼接出有趣的图案，大多用在手机壳上。她的桌子上放了一堆水钻、珠子，五颜六色。

"这些贵吗？"

"看材料而定，还有就是图案和难度，状态不好时，一晚上我只能完成一个手机壳。"

"那你亏死了。"

"定制的会稍微贵些。"

塑料盒子整齐码放，一支快用完的胶水，很多蕾丝、卡通人物等另外放了整整一大盒，一个个闪着光的皇冠、花朵、字母十分耀眼。

"你的房间，把我小时候的梦想都实现了。"

焦莉对着我笑，"现在还是我的梦想啊！"

精致的小物件几乎铺满她的房间，有几件只完工了一半，璀璨的水钻说明价格不菲,这些都是独一无二的定制,她主要的收入来源。

忽然,传来一阵阵伴着杂音的唱片声,不知谁家音乐放这么大声,打开的窗户直灌入电唱机的音乐声,音域很厚,一种已逝去时光的恋恋情深。

"真的是电唱机?"

"嗯,刚才那对打架的小夫妻。"

真是不可思议,才刚打完架,转眼陶冶性情了,我以为是楼上哪户人家,问:"这是什么情况?"

"他们都喜欢收藏黑胶碟,出乎意料吧,还挺专业的,我见过几张确实很有年头的唱片。那男的以前还有台很老式的电唱机,复古大喇叭的那种,很漂亮,后来他们吵架的时候被砸坏了。"

"太惨了点,以后捡便宜点的砸,不然损失有点大。"

焦莉让我压低声音,老公寓的墙薄。

那对怪夫妻打完架后,年轻妻子跑来问焦莉觉得刚才那张唱片怎么样?

"很好啊,哪个乐队?"

"大门乐队。"邻居妻子转眼看看我,又对焦莉道:"能帮我看下孩子吗?我和孩子他爸出去一趟,最多半个小时。"

焦莉答应得很利索,胖小子一见焦莉就伸出手要抱,连他妈跟他说拜拜也没空搭理,我真想补句什么话,硬是等那对夫妻走出楼梯口才说出来:"你比孩子妈还亲。"

胖小子很活泼,对着亮晶晶的装饰材料瞪大了眼睛看,焦莉照顾他很用心,在沙发前的地毯上铺了垫子,以防孩子不小心摔下来摔疼。焦莉有颗细腻的心,她的手工制作是慢工出细活,手机壳的生意之外,她还替人在T恤、牛仔裤上做装饰,一部分图案是她自己设计的,她对千变万化的图案很敏锐,不知是不是因为从前那个有很多文身的男友。

"你觉得他们相爱吗?"

她说的自然是那对吵起架来还动手的夫妻,楼上楼下的邻居大概很习惯他们的声音了,有些没打过照面的,也能从声音准确地辨认出来。

"打成这样都不分手,肯定是爱得外人看不懂。"

焦莉有种本事,就是反应慢半拍,常常别人好笑了半天,她仿佛刚从哪儿飘回来,然后翻着老皇历捡起话茬,让所有人结舌,能使她大笑的通常比较冷。

"他们以前不太打架,其实很恩爱的。"

我不置可否。

"他老婆那时哭天喊地要去跳楼,闹了几次,就受不了了。"

"谁受不了?"

"邻居。"

"所以后来改变沟通方式了?"

"白天的话也不至于,常常是半夜三更。"

"换谁都受不了。"

"有次把一个过路人吓着了,他老婆穿一身白,站在阳台外面,披头散发。"

"吓得怎么样?"

"那个路人就住楼下,现在保心丸不离身。"

焦莉完成手上的一个手机壳,去桌子上写快递单,问:"我们一会吃什么好呢?"

这几天都是40℃的温度,马路上能烤熟小乳猪了,我在厨房转了转没发现有什么好材料,她的小冰箱顶多放些饮料,食物类的没法冷藏,吃不完的她就直接扔了。橱柜里放了不少方便面,"你每天就吃这个?"

她摇头,"实在不想出去就吃。"

幸好冰箱里有西红柿和鸡蛋,焦莉发誓说是今早刚买的,绝对新鲜。

饿的时候,闻着方便面觉得好香,一吃完就后悔,还满嘴怪味道老半天。念书时学来的方便面新吃法,锅里的水开后,放入面煮,面软了下来就起锅沥干水分，锅里加油和面热炒，快好的时候将蛋和西红柿放下去，鸡蛋不用特地在碗里打碎，混在面里，使得面条均匀地黏到蛋。调味料就用方便面里的，稍微加点盐和醋。

焦莉端着一碗巧克力豆用调羹舀着吃，嗅着鼻子说："味道不错，跟开水泡的完全不一样。"

我正想着怎么揶揄她，她神经兮兮地跑到窗口探头探脑，嘴里嚼着一大口M&M，"这一口的热量够你在大太阳下蒸个土耳其浴了吧？"每次看到她忽然神经紧张时，必定会听到一些古怪的事。

"你在干吗？"我好奇道。

"看到对面那扇窗了吗，今天好像没开戏。"

我看了眼，纳闷道："都是一扇扇窗，有什么可看的？"

"看到楼上楼下不少人买望远镜，盒子破了我看到几眼。"

"还电影《后窗》呢，你看到有人被埋了？"

"没埋，就是目睹《色·戒》了。"

我分好两碗面，瞅了她一眼，"啥、啥意思？"其实我已经听明白了，不想错过什么，得亲耳听到才算。

"大白天办事，不拉窗帘呗。"焦莉很专注地接过碗，"嗯，一点方便面的味道都没有了，真香。"

胖小子呆愣愣地看着我们手上的碗，焦莉把奶瓶给孩子，"快一个小时了，可别有什么事。"

我心里闪过无数个念头，她以后非得找个聪明点的男友才行，不然被卖了也乐和乐和地跟人挥手，要不是很确定那对夫妻住在隔壁，我都以为他们撂担子走人，娃也不要了，很多成天打架的夫妻都是不要孩子的啊。

"不会在外面打起来了吧，这会正在局子里谈心吧。"

"那也可以打个电话过来呀。"

快到傍晚，隔壁夫妻还没回来，就打了个电话跟焦莉说有急事，还得再耽搁会儿。终于，我忍不住地问："他们不会是去离婚吧？"

"他们很恩爱的，"想了想，焦莉又补充说："他们十几岁时就认识，天天吵架，可从来没分开过一天。"

"跳楼自杀是怎么说？"

"她丈夫偷看人家对面楼里办事啊，刚才你也看啦。"

"我什么都没看到好不好！"

她住的这幢老式公寓楼里有很多稀奇古怪的邻居，某天一个70多岁的老头突然从4楼阳台摔下来，楼下晾衣架全部砸坏，最先发现的小区邻居尖叫着打110，鬼使神差地一直拨着911。一圈人围着谁也不敢上前看，又怕又不想走开。救护车赶到后，老头一动不动地躺着，围观人说要给老头的女儿打电话，老头忽然睁开眼睛，愤怒暴跳地吼："不要他们来看我！看到他们也打出去！"顷刻，邻居们沉默起来，瞪着眼睛直瞧。原来老头和女儿女婿吵架了，拍桌子把他们赶走后自己一个人喝闷酒，想出门走走结果走到阳台一脚跨了出去，万幸的是楼下一排排的晾衣架减缓了下坠速度，加下老人喝得迷迷糊糊身体比较放松，摔在草坪上只擦破了点皮。救护人员和邻居劝他去医院做个检查，他干脆说："4楼还摔不死我，会有什么事！"头也不回地回家，留下众人哭笑不得。

被吓得保心丸护身的楼下男邻居，今年50多岁了，身体状况之前还可以，好几年前他儿子学校毕业后，他打很多电话给儿子以前学校的班主任，一会装医院打来的，一会装好心人打的等，积极地通知儿子前班主任家里发生什么事了，那班主任一边接电话一边哭得不行，赶到要去的地方处理后事，结果跑错了地方。事情曝光后，那男邻居义正词严地要替自己讨还公道，"我以前上班，你一个个电话打我儿子小报告，还要我上班时间必须赶到学校，你知道我在单位里多丢人吗？每次都是鸡毛蒜皮的事，教你也尝尝苦头。"

乱糟糟的公寓楼里，每个月至少有一天大清早，楼上大妈敲着家里的金属脸盆啊锅盖啊骂街，谁也不知道为什么她家门口总出现垃圾，还有刷得到处都是的办证、老中医、牛皮癣广告，不知怎么结的梁子。

闷热得让人腻厌，焦莉和我翻着各类图案，一边逗胖小子。

"……乙烯树脂，很脆很容易破……"

"加厚的唱片更可靠，唱片上的凹槽越深，细节也就更多，只是更重,难携带。"

"你看这张,完美的唱盘,非常古老,音乐感很完美,全是最原始的……"

对话声在门口停住了,焦莉开门一看,隔壁夫妻抱了一堆老唱片,封套很有年月了,丈夫抱着唱片先进屋,妻子进来和焦莉低声聊了几句,抱着胖小子回去了。

焦莉的表情神秘兮兮的,转首问我:"你想去隔壁转转吗?"

当然想去啊!第一眼看到一张张唱片就很感兴趣了,我立马点点头。

年轻夫妻的居室空间比焦莉大很多,一排书架上放的都是各类唱片,我忍不住想上前去看,那妻子说:"喜欢哪张就放吧,一起留下来吃饭,没问题吗?"

她丈夫很专注地在整理东西,焦莉和我点头。

"我们今天去了老朋友店里看收藏,跟另外一个发烧友同时看准了一张古典唱片,开始时还挺逗的,那人抓着一角,我跟我老公两只手抓两个角,谁也不肯松手,其实都很不好意思,然后那店主朋友只好把自己的一张珍藏让了出来,总算才各退一步。后来想想,真不甘心,应该一起收了,都舍不得。"那妻子说。

我脑补了一下当时可能的场景,觉得应该没有人能胜过他们夫妻联手,于是就好奇该是张怎样的唱片这么有魅力。

珍藏版黑胶碟，《贝多芬第九交响曲》卡拉扬指挥，1961—1962年德国压制。

"这张由 DG 知名的录音师 Gunter Hermanns 录制，1961—1962年正值巅峰时期的卡拉扬率领世界最顶尖的柏林爱乐演出，Gunter Hermanns 在柏林耶稣基督教堂中真实收录。"她说话时，小心翼翼地拿出黑胶碟，"吃饭前还能先听一段。"

她丈夫将胖小子抱到婴儿房后说，"以前那台电唱机音质更复古，这台勉强而已。"

我和焦莉有意无意地瞥眼他妻子，她横了丈夫一个眼色，忍住没发飙，反而对我们说："他喜欢古典乐，我更喜欢摇滚，你们呢？"

"我喜欢轻音乐。"焦莉说。

"除了摇滚，还喜欢说唱。"我说。

意外的发现她和我喜欢的很多都是 20 世纪 60—90 年代的老牌摇滚乐队，对铺天盖地的视觉摇滚并不感冒，经典收藏有 The Beatles、The Rolling Stones、Queen、U2、The Bee Gees 等，说到 Sepulture 乐队简直是惊喜，除了黑胶碟，收藏中有好多张海外原版的签名 CD，保存得非常细致。

外卖送到时，房间里大家都在聚精会神地听唱片，送外卖的敲了好半天的门，他们夫妻俩差点又跳起来吵架。

男主人喝了几杯酒话渐渐多了，说起他们十几岁时就认识，既非同学更不是朋友介绍认识，而是因为常跑同一家黑胶碟店铺照过面多次。某天那家店铺关门了，CD大行其道，他俩在大门紧闭的店铺外又遇见了，一路走一路聊，走到女孩家门前，男孩牵了下女孩的手，女孩笑了笑没有甩脱。那以后两人一起四处打听黑胶碟店铺，网络还不普及的年代里，用心地发展发烧友，只要能淘到宝贝，再远的地方两人都会一起去，有人陪着疯，疯得又傻又执着，吵得不可开交要分手，其中一方就威胁："这些唱片归我，那些归你。"

屡试不爽的撒手锏，他们都会把对方最珍爱的黑胶碟抢走，顺便把对方也抢过来，用接吻言归于好。

男主人越说越开心，完全不看女主人的脸色，待他出去抽烟时，女主人说："别听他胡说八道，喜欢就常来，过些时候我们要搬家，一起来新房子玩。"

"好突然，你们要搬了。"焦莉道。

"我们还是很喜欢这幢楼的，他爸妈以前在这住了十几年。楼下吃保心丸那个知道吧，以前是我婆婆的学生；楼上老被人刷广告的那户，那大妈曾经跟对面楼里的男人婚外情；还有那个从楼上摔下来的老头，年轻时打他老婆下手真狠呐，后来他老婆跟人跑了，他跟她女儿关系不好，又是打又是骂，他女婿看不过去，想连女婿一块打，已经完全闹翻了；不拉窗帘的那家人，女的以前是学校的清纯校花，和我算是校友。"

焦莉眨着眼睛,我笑得可开心了,说:"那你应该会很想念这里吧?"

"新公寓好虽好,感觉差远了。"女主人喟然道。

"原来住在楼里的人这么有故事。"焦莉送我去车站时,忽然感叹道。

"是啊,多让人舍不得啊。"

我也有些舍不得。别人的生活看起来喧嚣、吵闹,看的人觉得苦,为何不放弃,如果世上的事那么容易放弃,推倒重来,人生没有一件可坚持的事,或许也很无聊乏味。

旁观者偶然目睹了他人生活的一角,并不代表能做出评价。

无论用哪种方式在表达生活,噪音、伪装、虚有其表、浮华等会扰乱人的判断,一厢情愿地相信和拒绝。

或许,我们不需要看懂别人的爱情,但一定要看懂自己的幸福。

鲜虾螃蟹秋葵浓汤

原料及做法：

① 先在大汤锅里放入切碎的芹菜 1 束，拍碎的百味胡椒果实 12 粒，胡椒粒 3 颗，大蒜 6 瓣，月桂树叶 2 片，百里香和西芹数支，少许肉豆蔻

② 切开的柠檬取皮约 1/4，1 个红辣椒去籽切碎，4.5 升的水

③ 大火煮沸，倒入全部的虾。再次沸腾后，汤锅离开火炉，给虾去壳

④ 大锅回炉，将 6~8 只螃蟹浸完冷水放入汤汁煮 10 分钟后取出，除去鳌以外的蟹肉后过滤

⑤ 炖锅内放入融化的猪油和面粉各 2 大匙混成油面糊，搅拌至呈暗棕色，并加 1 杯开水、180 克浓缩番茄酱

⑥ 炖锅内加 1 片月桂树叶，碎百味胡椒果实、碎胡椒粒各 6 颗，3 瓣大蒜，些许极辣红椒粉

⑦ 以上混匀倒入汤锅，加 2 升滤过汤汁、3 个青辣椒、3 个西红柿、2 片中型火腿片、2 束切碎的芹菜

⑧ 煎锅内用 4 大匙奶油炒 4 个切片洋葱，加大蒜末和 1 千克鸡肉块，鸡肉呈金黄两面入汤锅

⑨ 切 1/2 秋葵入汤锅小火炖 1 小时，鸡肉变软加盐，虾子、蟹肉、蟹螯入汤锅

⑩ 前 5 分钟在 1 杯高汤里慢慢拌入 1 大匙檫树粉调匀，配热米饭和抹上热奶油的法式面包

在一堆堆成年累月的时间垃圾中，我翻出一捆尘封的信笺，最上面的一封端端正正写着我的名字，旁边还画着一个笑脸。

那天下午和同学看了电影《蝴蝶是自由的》后，突然就像打开了一条时空隧道，我记忆中的某一部分一定落在什么地方了，必须得弄明白才行，在找到一封实实在在的手写信时，才感到了踏实。

她叫伊莲，念中学时曾一起在音乐学院学声乐，这门兴趣课收费不低，每周一次，为期半年。我至今看不懂五线谱，却从未忘记音乐学院周围红色的砖墙，窄窄的马路很干净，开在街角的便利店有漫画和封面很精美的星座小书出售。课要上一天，中午时和几个新朋友到处逛。已经是秋天了，梧桐树叶一片片飘下来，我们四人边走边笑。那时就觉得这样的生活很开心，没有必须考高分的压力，更不必担心老师告状，有时还会去看现场表演，舞台上青春靓丽的男孩女孩们在卖力表演，窃喜地以为这就是未来会追逐的梦想。

伊莲不是我们四人中的一个，有时我和她顺路回家，她会陪我走一段，后来才知道她其实不必绕这么大一圈。可是她说喜欢这样走路回家，什么也不想地一路走下去，那时总会因为很多小喜悦宁愿做傻事，走弯路。她比我大一岁，眼睛很大，却有些无神。我和她常常聊起不着边际的未来，她不太说家里的事，父母对她管教很严格，参加校外声乐课学习是父母对她最大的让步。

半年的课程在接近农历新年时渐渐到了尾声，拍完集体照后的好几个星期我都没在班上见过她，我猜想她也许生病了，她看起来有种羸弱的苍白，想法很前卫，我说我会在没意思的课上写小说，她问能不能给她看看。我现在已经忘了当时写了什么小说，只记得男主角的名字竟然和她喜欢的男孩同名同姓，我们又惊奇又好笑，约定学期结束以后一定要保持联络。

收到她寄给我的唯一的一封信前，我和她只在电话上聊过几次，后来便失去了联络，直到两三年后意外收到来自她的信笺，她介绍自己说是声乐课上认识的同学，还记得她吗？我一下子就记起来了，按着信上的号码给她打电话，她搬了家，生了场病，她曾有个双胞胎姐姐，意外去世了，她说她不能在电话里聊太久，我能听到有人在问她什么，她挂断了电话。

我给她寄过明信片，被退了回来。伊莲是我认识的人中最神秘的一个，她好像有难言之隐，沉默忍受是她唯一的办法。据说双胞胎有心灵感应，我不敢细想是否会应验不好的征兆，退回的明信片和她的信被我一直压在箱子的最底层，我可能记不清当时积极梦想一切美好之事的曾经，却不会忘记走过一段段美丽风景的我们，就是想笑，想开心的事，想一切可能会发生的美好。

再见到伊莲时我刚念大学，她是国际部的留学生，焕然一新的面貌，走在人群中面带微笑，从前的苍白羸弱变成了小麦色，中英文自由切换地和同学说着晚上的活动安排,我和她看了看对方,眼神难以置信,不知道要不要打声招呼。

我冲她微微一笑,她笑了起来,"嗨,真的是你?"

她跟她同学介绍我说是曾一起学声乐还一起逃课的老同学,有时下午的理论课很无聊,我和她会翘课去逛大街小巷,在零花钱刚够吃顿便当的学生时代,看见有卖糖葫芦的都欢喜雀跃不已。

"你也在这里念书?"

"不,我去找同学玩,正想从这里走近路去乘车。"

"我送你去车站吧。"

失去联络的几年,她家里发生了翻天覆地的变化,她说她的世界轰然倒塌,几天几夜关在屋子里,几个月后她被送上飞机,先去了瑞典,但她无法适应北欧的冬天,在地中海附近的欧洲小国住了些时间,最后飞去美国定居,在那里继续完成学业。

伊莲没说家里发生了什么事,我也没问,她是神秘的女孩,保守秘密是她的使命,那件翻天覆地的事被她形容为"很难受,太难受了"。

等车的时候我和她重新交换了联系方式,我说:"我的住址没变,现在有手机了。"那时互联网才刚开始兴起。

"我和几个朋友另外租了地方,你几时有空来玩吧。"

这么多年没有联系,我和她的生活天差地别,我想这是她的客套话，就笑着答应。

几天后她在电话里让我去她新宿舍看看，她和朋友都搬了进去，所有东西终于收拾完毕，想好好聚一聚。

我很好奇她的事，至少她在这里总有一些别的亲戚，她的语气冷静又落寞，我说："好啊，周五我没课，我来找你。"

伊莲的新住处离学校不近，更靠近郊区，我差点转错了车，下了车发觉周围都是一幢幢别墅住宅区，连逮个路人问路也不容易，这会打电话跟伊莲说我迷路了很丢人，何况她也不见得知道我在哪。

她打来电话时，我正跟一个满脸狐疑语气很坏的门卫说话，他不回答，只问："你找谁？你认识人家吗？"

"你把电话给那个门卫，我跟他说。"伊莲在电话里说。

门卫不情愿地拿过电话，"噢，是你们这边啊，知道了。"

往里走几步，穿过一排喷水池，一栋别墅大门前站着一个人，伊莲冲我挥手："差点以为你迷路啦。"

这是她的新住处，大得惊人，细花纹的白色瓷砖，大理石柱子，楼上的阳台还搭了个帐篷。我有些疑惑她住在那么大的地方怎么睡得着，况且周围也没什么人气，一下子忽略了她是和几个朋友一起住进来的。

楼上还有两层，她打了个内线电话，没几分钟人都从各个房间冒了出来。托马斯和考德是伊莲在美国的同学,向薇薇讲一口台湾腔汉语,罗西尼是意大利和西班牙的混血,还有中泰混血的温妮以及北欧金发帅哥艾瑞克。别墅有六个卧室,一定有一个睡卫生间,听完伊莲的介绍我就是这么想的。

"今天我们会做道很特别的浓汤,为过完感恩节后回家的同学准备的,现在把你们准备的材料都拿出来吧。"托马斯和考德非常兴奋地用英语说。

有两个跑去拆盒子,也有去冰箱寻宝的,门铃响了又来了几个朋友,在场的除了伊莲我哪个也不认识,幸好带了瓶酒,从电影里知道外国人参加聚会带酒较多。

"我一直生活在美国南方,看过《情归亚拉巴马》吗?就是那儿,南方很多人喝秋葵汤,要用到很多材料,我们网购了一部分,本来想做最简易的,可是艾瑞克和考德明年不再回来了。今天,我们就做道鲜虾螃蟹秋葵浓汤。"

月桂树叶、鸟眼花纹胡椒、树叶粉等都是国际快递,南方菜系中必不可少的就是树叶粉,在亚拉巴马州莫比尔市周围的树林里,采草药的年长者会到处去兜售,树叶粉是将干燥的檫树叶子放入石臼捣打,发筛过滤后装瓶,煮南方菜若没有树叶粉就只能放弃。

厨房的桌子摆满了各种各样的材料,五花八门,基本上在场的男性友人在将材料放满一桌后,很快溜出了厨房,剩下伊莲和我以及另外几个女孩翻着白眼吐槽。

煮秋葵汤必须用大汤锅，锅里放入一些切碎的芹菜，12颗拍碎的百味胡椒果实，3颗压碎的胡椒粒，6瓣大蒜，2片月桂树叶，数支百里香和西芹，少许肉豆蔻。切开的柠檬取皮，约四分之一，1个红辣椒去籽切碎，外加1加仑的水，我们听伊莲指挥，人手一把刀。大汤锅是伊莲和向薇薇逛了很多超市才买到的，供我们十几人吃的份。水和盐依情况而定，开大火煮沸，沸腾后加入约115克的全虾，向薇薇唯恐不够另外又拨了些。等水再沸腾后，把锅子从炉子上端开。等虾子在汤汁内凉了后，取出去壳、去泥肠。

这些做完后，大锅端回炉上，煮沸，将6~8只大小恰当的螃蟹浸在冷水里，再放入沸腾汤汁煮上10分钟，锅子端开，让螃蟹在汤汁里待凉，等到不烫手了就将螃蟹取出，取出除了螯以外的蟹肉，过滤汤汁。

大厅里坐着的男吃货们轮流跑来看看，表情很关心地问："需要帮忙吗？"其实他们压根没有进厨房的念头，正拿着长柄炖锅的温妮说："亲爱的，帮我个忙。"

"嗯？"考德睁大了眼睛，双手揣兜里，一副随时拔腿就跑的样子。

"别把口水流在地板上了。"温妮说完，大家都笑了起来，考德蓝眼睛笑意温柔，原来他们是一对。

长柄炖锅里放入融化的猪油和面粉各2大匙，混合成油面糊，一直搅拌呈暗棕色,搅拌时慢慢加入 1 杯开水和约 170 克浓缩西红柿酱,加上 1 片月桂树叶,6 颗拍碎的百味胡椒果实,6 颗压碎的胡椒粒,3 瓣大蒜,些许极辣红椒粉,几滴塔巴斯科墨西哥辣椒酱(Tabasco sauce),这种辣椒酱的产地在美国路易斯安那州艾弗里岛,托马斯好几个星期前就到处托人带了过来,为了家乡美食的纯粹原味他可以做很多事。所有这些材料混合均匀后倒入一个汤锅,加约 2.3 升滤过的汤汁,将 3 个青辣椒、3 个西红柿、2 片中型火腿片、2 束芹菜切碎后,加入汤锅。

另一煎锅内,用 4 大匙奶油炒 4 个切片洋葱,加 2 瓣大蒜末和 3 磅切好的鸡肉块。鸡肉两面煎成金黄后,一起倒入汤锅。

在煎完鸡肉的锅子内倒入 1 杯高汤,将锅里的棕黄碎屑加热后扫进汤里,倒入汤锅,煮上半小时。秋葵对半切开,加入汤锅,小火炖 1 小时,鸡肉变软后,加盐调味。

浓汤的香味一阵阵地飘出厨房,吃客们瞪大了眼睛站在外面看,厨房里我们几人手忙脚乱地分工合作,伊莲在美国南方念书时学会的这道菜,温妮和向薇薇是头一回参与,我是头一回知道还有这样繁复工序的烹饪,好几次拿着刀不知切什么才好。

香辣的诱惑,要一直忍着口水,伊莲看着我笑,说:"每次做秋葵浓汤,感觉就像在冬天的窗口等门铃响,屋子里暖洋洋的,外面冰天雪地,心里就是开心,很多人凑在一起吃饭,大家互相帮忙。"

吃客们乖乖地在餐桌上摆好了餐具，开动前的 10 分钟，虾子、蟹肉、蟹螯放入汤锅，前 5 分钟时用 1 杯高汤调匀 1 大匙檫树粉。汤锅熄火后，将调好的檫树粉慢慢拌入高汤中，餐桌上有热腾腾的米饭和等着涂上热奶油的法式面包，向薇薇忙里偷闲做好了一大碗水果色拉，十几个人迫不及待围上了餐桌。

艾瑞克是伊莲在瑞典时认识的，他比伊莲早来中国半年，是一名专业摄影师，四处寻找题材，去过甘肃的敦煌、河西走廊等地方，他会说一口音调不太准的中文，有个从小学就认识的女朋友，金发碧眼大长腿的美女，他说他再不回家一趟，女朋友就要跟别人走了。

温妮和考德这对马上要分开的恋人温柔地注视着彼此。

喝完了桌上的酒，再从冰箱里拿出一罐罐啤酒，要是有个火炉在客厅里，简直像在过圣诞节。

伊莲安静地看着每一个人，眼神有着幽幽的喜悦，像是要哭的人还是笑了出来。我问她："你也要回去了吗？"

她点点头，眼眶红了。

天下的宴席都要散的，秋葵汤的浓烈和香辣仅仅留住了味觉的记忆，心里反倒更难受，因为有了想念，有了希望，有了未知的期待。

"从念书的第一天起，我就总是在认识新朋友，我去找在线校友录看，看他们热络地聊天搭话，还看到他的消息，他有个很可爱的女朋友，他们一起参加同学聚会。"伊莲说的是当时非常热门的校友录，一些只言片语或许还有迹可循，但谁会想再去看看从前呢？

"他有一点像你小说中描写的那样，不单单是名字一样，那时我没有告诉你，甚至以为你认识他。"伊莲笑着说。

"女生都喜欢阳光又有点坏的男生啊。"

"我经常会缺课，班里有些不好听的话，他是体育委员。可能他知道些什么，上体育课时他对我很照顾，体育考试会帮我过关。对我来说他就是那种十三四岁会照顾人又懂得替别人着想的男生。"

"有时放学我还能在路上看见他，他骑着单车匆匆而过，每个女生都在回头看他，能看见他的背影我就开心，想到还和他一个班就觉得运气真好，我不仅仅只是个在走廊上偶尔遇见的隔壁女生，是每天都会见面的同班同学，他知道我。"

"后来呢？"

"我搬走啦。"她想笑一下，眼底浮现一丝伤感，客厅的电视在播碟片，一部很旧的电影，画面不甚清晰，说："我每次看这部电影都会想到他，想着简单充满期待的每一天。"

原版碟上的名字是 Butterflies Are Free（《蝴蝶是自由的》），完美母亲处处为眼盲的儿子安排生活，而渴望自由的儿子搬进了旧公寓，邻居是个迷糊的漂亮姑娘。

伊莲专注地看着画面，不再说她的故事了。

那天，她送我去车站时说："有空常来，这个集体宿舍有很多好吃的。"我们似乎还和从前一样边走边聊,走多久都不觉得累。

这么多年后,重看这部1972年的电影时,我脑海中不断闪着一句台词:"蝴蝶是自由的,我们也是。"

我们是吗?

18

南瓜面疙瘩

南瓜面疙瘩

原料：
南瓜半个，面粉适量，水、冰糖

做法：
① 将南瓜洗净后切块，放入水中蒸煮
② 面粉加水搅拌至黏稠
③ 南瓜煮烂后放入面疙瘩
④ 面疙瘩煮熟后加冰糖，出锅即可

有些小伙伴，是你永远都不想再碰到的！

但是，万一真的碰上，想躲也来不及躲，冷不丁她就站在你背后，你假装没看见她，她则一脸亢奋如他乡遇故知，大喊："某某某，我在这里呀，好巧呀，你怎么也乘这班地铁呀？"接着从公事到私事讲个不停，最尴尬的是还讲她和她老公恩爱的日常。有几次她拉着她老公痴缠成麻花状，周围乘客一脸诧异过后，默默地拉开一点距离。

她叫岳月荷，自己开了个网店，专卖古风服饰，与现如今偶然在街上看到有人穿的不同，那会古风服饰在人群中不流行。起步阶段，她能搜罗到的款式十分有限，设计诡异，看得让人发怵，她一脸自傲又睥睨的眼神对我说："这是汉服，我穿的这件是传统服饰。"

她转头又指指楼上："那住着几个凶悍的八婆，嫉妒我精通服饰设计的才艺，举报我在家搞迷信活动，我和我相公都非常生气，好在我相公通情达理，始终很支持我。"她生日时，发表了一通对传统服饰复兴的激昂之言。说到她老公，岳月荷立刻激动地哽咽起来，她说自己总被人夸深具古典美和一种不合时代潮流的幽兰气质，使她鹤立鸡群，只有她相公才是真正欣赏她的人。

她到底是怎么想到经营汉服店的，让人出乎意料，但又在情理之中，那时的汉服圈非常小众，是个自娱自乐的小群体，互相支持撑场面。念书时，关于岳月荷的事，同学间传得津津有味，在一个统一步调的集体里，出现了一个另类，让大家不去关注也难。一次，一个女生去她家玩,亲眼看到岳妈从冰箱里抱出被子问岳月荷晚上睡得冷不冷,要不要加被子,岳月荷说不用了。这女生被吓坏了,赶紧从岳月荷家跑出来,此事次日立刻成为全班的头条惊闻。

我想起外婆吩咐棉被要怎么晒,怎么收起来,这才明白晒过的暖被里有水分,不能直接收好放进橱柜,要放一放,冷的棉被才干燥。

那天后,大家看她的眼神变得很不一样,她自己浑然不觉,或许她内心足够强大,总之,就算是她的同桌也没看出来这件事对她的影响。只是女生们跟她说话的口气都变得怪怪的,男生们看她的眼神就更奇怪了,她原本人缘还可以,之后不可避免地受到了排挤。

岳月荷还没搬家前和我家住得比较近,一到放假会突然冒出来,带上她的文具来写作业,她的功课不好不坏,当时还有几个小伙伴也都在。

她来了之后,围成一圈的小伙伴们挪离她坐在一起,她把带来的漂亮文具给大家用,还有漂亮的贴纸,有两个忍不住瞄了一眼又一眼,最终还是决定快回家。其中有个对我说:"你要去我家拿练习本吗?"女生之间有时就是这么残忍,我也点点头。

岳月荷似乎也感觉到了我们的疏离,收拾好文具先走了。

去同学家的路上,一个女生突然摔了一跤,还把新衣服摔破了,珍爱的文具掉到井盖下去了,急得大哭。我们扶起她时,她的膝盖鲜血直流,大伙都不知道怎么办才好。此时路上也没什么人,我们商量找人通知她爸妈,她死活不肯,担心爸妈骂她。

已经走远的岳月荷忽然折回:"我家有药水,去我家吧,你爸妈不会发现的。"

小伙伴面面相觑,便很快答应了,我们中两个人扶着受伤的女生,岳月荷在前面带路。一到她家,她就从床底下的医药箱里翻出纱布和消毒药水,又从衣柜的背包口袋里找到棉签,用来清洗伤口,我们几个人按住受伤女生,岳月荷驾轻就熟地处理了伤口。清洗后,发现伤口不严重,就是很大一块淤青,擦出了很多细小伤口,房间里我们几个人全神贯注,室外雷声轰鸣,左一道闪电,又一个惊雷,天气转眼变得极其恶劣。

伤口终于处理完,由于疼痛难忍,女生捂着腿轻声地哭了起来,她很怕电闪雷鸣,每个人都忧心忡忡地看着外面好像世界末日的天空。

"冰块可以减轻些痛,你要不要?"岳月荷问。

大家都奇怪地看着她,包括那个受伤的,大家都想到了一件事上,于是就睁大眼睛看她到底从哪里去取冰块,冰箱里面应该是被子才对啊!

她打开冰箱取出小方格:"这是我爸用来冰啤酒的,你要几块?"

"一块。"

眼见为实,我们更加奇怪,难道一直被骗了很久?不知是谁,问了句:"被子在哪儿?"

岳月荷眨了眨眼睛,像是没听懂,忽然问:"你们饿不饿?"

没想到会耽搁那么长时间,肚子早就饿了,又不好意思说,大家你看我,我看你。岳月荷很开心地说:"我做甜点给你们吃吧,我外婆教我的。"

她从楼梯角落里抱出个大南瓜,放在水龙头下很仔细地清洗,问:"你们喜欢吃南瓜吗,要不要多放点?"我们几个人中,平常在家最多只会下个方便面,听她这么说都非常好奇,纷纷上去要帮忙,事实上也就是帮着把南瓜抱到砧板上。岳月荷拿着刀,在切大切小的问题上大家还讨论了一下,连那个龇牙咧嘴、一直哼哼的同学也很有兴致地在看。

切开的南瓜大家七手八脚地去籽洗净,一个同学负责火炉,水和南瓜同时在火上煮。面粉是岳月荷从衣橱柜底下一层拿出来的,大家看的眼睛都直了,但都很默契地装冷静,拿了面盆去装,然后去厨房加水,岳月荷又从橱柜深处抓出一包未开封的糖:"你们喜欢甜一点吗?"

大家纷纷点头,感觉更加饿了。加了水的面粉呈面糊状,同时加入糖,炉上煮得差不多了就放一些进去,这活每个人都喜欢,立马都伸爪子出来抓一坨扔进水里,扔得猛了,水溅在脸上烫得直跳脚,那受伤的家伙靠在沙发上负责取笑,一门心思等着吃。

岳月荷很认真仔细地掌握火候,起锅前丢了几块冰糖进去,笑嘻嘻地说:"冰糖比一般的糖好吃。"厨房桌上早就摆好了碗勺,一个个排队等着。

原本我准备多吃点南瓜,但发觉面疙瘩格外好吃,甜甜的非常入味,还很糯,好像还能用来吹泡泡。一大锅的南瓜面疙瘩被我们几人盛了两圈就见底了,每个人脸上都一副意犹未尽的表情,差点儿没去舔锅底。

吃完了,大家又一起看了会儿电视,那时大雨差不多已经停了,路上泥泞不堪,附近建筑工地堆积的垃圾阻碍了交通,路上也很难走,到处都是水洼。岳月荷提议给家里打电话让家长来接,趁着这么会儿工夫用来刷锅洗碗,又凑在一起吵吵闹闹地看电视,七嘴八舌地谁也不知道在看什么。

岳月荷是班级里的另类,这一点对大家来说恐怕很难改观,可自从那天小伙伴们一起去她家吃了南瓜面疙瘩后,大家就时常和她聚在一起写作业、放学一起回家了,班级里的男生说难听话,大家也帮着一起反击,时间久了,嘴上管不住的人也闭嘴了。岳月荷依然是岳月荷,学校里关于她的传闻一直没停过。后来,她突然转校了,她跟我们几个说过了寒假就去别的学校上课,因为搬家,和一些难以解释的原因。

我再次遇见她时,她已经结婚嫁人,她原本的家住得远,婚后和丈夫住在一起。有两次在地铁上遇到，我无法确定到底是不是她，她走后我们那几个人偶尔聚在一起会谈到她，虽然谁都没试过去找，至少在社交网络上没人承认搜索过她的名字，可她不是能轻易被忘记的。忘记一个人除了头脑的记忆，还有味觉的记忆，我们一致觉得那是最棒的点心，还厚着脸皮地说这是因为每个人都参与的结果，就算只是等着吃也是参与的一部分。

岳月荷在地铁上认出我的时候，我猛然有种头皮发麻之感，这么多年没见，聊得就像刚放下电话一样。她对我说的那些事，就算是私下聊天也是尴尬的，当着地铁上那么多人，她面不改色地问我："你有推荐的妇产科医院吗？"

"我得问下学医的朋友。"

"那些医院很奇怪，我跟我相公肯定都没问题的，每次都说成这样那样，太奇怪了。"

她从包里抓出一大把宣传资料，我看得心里发怵，真想挖个坑死也不出来。好不容易熬到要下车了，谁想到她还跟我相同站下车，她发现后立刻又兴奋起来："我们下班一起走，继续聊啊！"

还好下班时间不同，她是一下班便以百米冲刺的速度往家赶的人。

有次她听我说马来西亚旅行的事，很感兴趣地问好不好玩，我说离泰国很近，搭船继续往北就是泰国，天气非常非常热，海滩很美。

"有什么好吃的吗？"

"海鲜还不错,但酒店里的海鲜不知道为什么是甜的,水果不错。"

她想了想,表情严肃地说:"我不喜欢看人妖,泰国是不会去的,我相公也不会去,马来西亚可以去一下。"

知道她在计划旅游,老同学们还讨论了这件事。

"她也找过你?"

"嗯,说她和她相公加上我和我男友,人多热闹。"

"是啊,肯定会够热闹的。"

"你知道她打包的事情吧?"

"听说过,但不具体。"

"我不敢细想这件事,现在还在上班。"

然后大家就意味深长地沉默了。

岳月荷去马来西亚,在38℃的高温下,坐在人力车夫上的她身穿汉服抢镜,加上人力车上本就布置了不少鲜花,车夫一路放着轰隆隆的音乐,不管是当地人还是各国游客,都纷纷拿起相机对准她拍。势头堪比女王出访,她一比一照做:微笑、挥手、不露齿,回过头问镜外的人有没有白手套。爱出风头的岳月荷,从来也不会放过彰显自己独特品位的时刻。经过印度街时,她买了很多纱丽,晚上去海边穿。

她说:"晚上海滩螃蟹多,我是一定要去的,白天我不想被人看,毕竟我已经结婚了,我家相公不喜欢我穿着泳衣在外面,回去要写休书的。"结果,那晚她换上鲜红鲤鱼装的泳衣,裹着两层纱丽,晚上七点多的槟城天上还挂着太阳,她走在沙滩上继续夺人眼球。为了与照片上的阳光与开朗形成强烈对比,她在空间里的照片下倾诉:我是个忧愁女子,对于人生和未来心怀忐忑,若不是遇见相公,不知会躲在哪里哭泣。

其实吧,以前的担心都是多虑,没人能欺负到她,她把我们几个招来看她旅行的照片和视频,听她的人生感悟,我们几个极力配合她的演出,用力鼓掌,大声喊:"哇塞。"她语重心长地说:"其实你们也不用羡慕我的,总有一天你们也会找到像我相公这样的良人。"

两个生活在一起久了的人会越来越像,笑容、举止都有连贯的默契。岳月荷的相公有张胖胖的脸,笑起来像太阳公公,一脸幸福的她如十五的月亮婆婆,情投意合的两人深情脉脉。

最后,岳月荷说要换上汉服,来一张集体照。

"我家锅子还没刷,得回去了……"

"我眼睛不好,医生说不能被闪光灯照……"

"这汉服太小了,我穿不下……"

"我穿出来没这样的气质,还是算了……"

岳月荷一点都不介意这些搪塞话,反而和她相公立刻去卧室换上了汉服,客厅里不断传来她的说话声:"我想让你们当我网店的模特,你们应该自信些,我还可以把你们都 P 得漂亮些,不用担心气质啊长相什么的。"

谁也没办法拒绝岳月荷，尽管时光一去不复返，每个人走过青涩，转变得成熟、沉默，或更冷漠，可只要一提起"岳月荷"这个名字，不管是谁都会立马凑过来想要补充几句。每次去甜品店看到南瓜类的点心还会下意识地想到她。她总有办法渗入别人的记忆当中，而自己毫不在意。

小岛冰激凌

小岛冰激凌

原料：

鸡蛋、淡奶油、炼乳、细砂糖、柠檬汁（备选）

做法：

① 将鸡蛋的蛋白和蛋黄分离，蛋白中不能有杂质
② 蛋白视情况滴柠檬汁，细砂糖分两次加入蛋白，用打蛋器将蛋白拌和发泡，完成后放入冰箱冷藏待用
③ 淡奶油冷藏后倒入碗里用打蛋器打九成发
④ 蛋黄里加糖后用打蛋器打散
⑤ 蛋黄液依次倒入发好的淡奶油中，每加一次拌匀一次，混合均匀
⑥ 倒入炼乳后重复搅匀，将蛋白取出倒入同样搅匀
⑦ 搅拌完成装入密封盒，依照口味加些配料，如树莓、红莓、蔓越莓等
⑧ 放入冰箱冷冻至少4小时以上，之后取出即可食用

晚上 10 点多的飞机，要飞 4 个多小时，每个人穿着厚重的衣服，行李箱里塞满了夏天的衣服，还有去海滩时准备穿的泳衣。

从春寒料峭的 2 月中旬，一下子飞到太平洋上四季如夏的塞班。出发前，我还查看了地图，大体觉得塞班离中途岛不算远，然后是夏威夷岛，单看地图觉得并不远，游过去也行。看完美剧《太平洋战争》后，一连串发生过战事的岛屿名字总在脑袋里飘来飘去。

抵达塞班机场大约是凌晨 3 点左右，在飞机上就开始脱衣服，把厚厚的外套去了，谁要是穿了秋裤还得找个洗手间换下。

边检的警察是个大叔，一看就是美国人，长得很像克林顿。排队的每个旅客都有黑眼圈，长长的队伍，安静、困倦。

塞班比国内晚两个小时，一走出机场热浪直冲脑门，当地时间差不多凌晨 5 点了。大巴外是一排排椰树，整洁的热带风情，没有高楼。我勉强拍了几张照片，打了闪光灯但因为玻璃反射，影像重叠了，天已经微微亮了，晨霭初升的海岛，连吹着冷气的大巴也夹杂着海的热腻咸腥味。

前一年，整整一年什么地方都没去，家里的事走不开。母亲总是担心路上发生意外，上飞机前还发消息给她让她安心，她一直送我到地铁站，我拿着行李箱进站，在自动扶梯上回头看她，明明一个星期就要回来，感觉却像是要去很久。

旅行社订的酒店早上 6 点开始有早餐，冲个凉拉上窗帘倒头睡，好奇地看了眼阳台外，毗邻海滩和花园，wifi的信号断断续续，酒店的wifi是装在电梯里的。我睡了1个多小时便饿醒了过来，惦记着去晚了就吃不到好东西了。

赶紧换上夏季的白裙子，一身热带装束，踩着人字拖冲下楼去。小岛上通用4国语言，英语、日语、韩语、中文，二战时美军和日军在此交战，打得翻天覆地，日本战败后两国共同管理小岛。

自助餐厅里有几桌是为韩国亲子游准备的，泡菜很纯正，比国内的韩式料理还好吃，露天的座位吹不到冷气，大约只有一间小小的包厢有空调，住客们更热衷在大伞下喝咖啡吃早餐。出差住酒店时，每天的早餐都是争分夺秒地囫囵吞枣，一路小跑去门口等班车。公司组织的旅行比较随意，各自补充睡眠，养足精力好去水上玩。

餐厅外的花园小径逶迤悠长，一路走，就能走到海滩边，边上很多游人在拍照，还有各处招揽生意玩水上项目的人。导游说岛上的椰子随地拣，我走了一路一个也没拣到，也没看到同事有谁拣到，余下的时间都在考虑玩香蕉船、水上摩托车、潜水，还有开飞机的项目，能自己驾驶，不明真相的人听到无证驾驶飞机直觉脑袋疼，后来才知道，那是模拟驾驶。

跟着导游车去了各处景点，这里面包括二战结束后岛上日本居民自杀的悬崖。绵长弯曲的悬崖，与变灰的云层离得很近，我抓着遮阳帽，免得被大风吹掉。岩石的楼梯能走下去，像是能走到悬崖底，导游嚷着拍集体照时，大家都围拢了过来，每个人都戴着墨镜，海风是咸咸的味道，酒店里的水也是，黏糊的咸腥味。

岛上有不少二战的军事遗迹，被贯穿的防空洞，战火余烬的残破，现在都长出了青嫩的绿草。对着无边无际海洋的碑台，总让人想到天涯海角的惆怅，有的人取景，有的人看了一眼就走开了。

深蓝色的海洋，围着栏杆的悬崖边，站着三三两两若有所思的游人。我家附近偶尔能听到船只的汽笛声，这么波澜壮阔的大海，竟安静得出奇。鬼斧神工的悬崖侧面，让心怀希望的人深感敬畏，这里跟酒店后花园似的海滩天差地别，一个温柔又缓慢，一个在风雨中怒吼咆哮。

电影中看到走投无路的逃命者跳下悬崖，幸运地生还，在如此近的距离目睹悬崖后，我惊惧地退后几步，也许跳下的人还没有砸进大海，就已被汹涌激起的浪头拍到峭壁上粉身碎骨了。

导游讲着那段历史，我脑补了一下《太平洋战争》中的残酷画面，游人安静地听着。

晚上可以自由活动，岛屿不大，我在大巴上看到过有两辆黄黄的校车开过，背着书包的孩子在马路边走，汽车老远就开始减速，等着行人先过去。大家略感惊讶，感叹道："我们呐，就是绿灯过马路，也是要快跑的。"一路笑，一路去逛夜景。

沿路所见，日式、韩式餐厅非常多，我们一行人去免税店，要穿过一条长长的步行街，路上经过一家冰激凌店，我立马就走不动了。于是和一个同事去吃冰激凌，我们谁也没听说过这个牌子，看见一桶桶五颜六色的冰激凌很可爱，一边吃着一边拍照留念，方便找回来再吃。

冰激凌是夏天的味道，从前只有在夏天才有，放在冷冻层的棒冰一天要忍住好几次不把它们吃掉。暑假有2个月，毕业生走了，小伙伴们各处走亲戚去了，周二下午没电视，连《西游记》也结束了。那时，我会一口一口吞下盛夏的乏闷。

现在，我手上的巧克力球没有甜得发苦，草莓球也没有融化。小时候大人带我出去玩，到处嚷着要吃冰激凌，有次父亲给我买了一个火炬筒，外面有塑料壳，要吃完整个必须先把塑料壳去掉，不甚熟练的我一不小心把塑料壳和冰激凌一起掉到地上了，正懊恼得不得了，前面拐弯走出来一个小女孩和几个大人，其中一个大人对小女孩说："看吧，人家跟你一样。"小女孩好奇地看看我，本来并不开心的小脸蛋泛起了喜色。

筋疲力尽回到酒店后，就坐在阳台上上网。当你一个人在阳台上苦苦搜索wifi很久而不得，如果隔壁阳台上也有人在用的话，信号很快就能找到，facebook也能打开，我传了几张照片给好友，她问我："我这边冷死了，天天下雨。"

"热死了，吃再多冰激凌都不够，白天都晒伤了。"

结果自然被骂,结结实实地吵完架,她问:"没艳遇吗?"

"上哪艳遇啊,都快情人节了好不好。"

第二天就是情人节,来岛上的情侣很多,日韩游客随处可见。

"等你回来,咱们做冰激凌吃。"

"真的?"

施玟对冰激凌情有独钟,却懒得出奇,要她开动做个什么非等上年把,我在能找到wifi的地方把好吃的发给她看,她就贱贱地留言。我继续煽风点火,"情人节身在异国,还很有风情,你多凉快呀,天天下雨冷到死。"

"这雨下得,我鞋没一双干的,你在那边被晒伤了,太过分了啊!"

心满意足,我就把facebook关了。

情人节的晚餐,和同事一行人没去旅行社安排的餐馆吃饭,找了家很不错的餐厅去吃烤虾牛排,价格不便宜,另加服务费。拼了几张餐桌变成一长排,来的路上已经四处血拼了一番,大家都是大包小包,服务生来来回回为这桌人数壮观的游客服务,餐厅还不错,顺便打听了下国内有没,回答是没有。

在逛街购物时,遇见好几个从国内来的店员,其中一个女店员来自东北,十几年前来了塞班,我们好奇问她过年会回老家吗,她说也会,但比较少。她来这之后,学会了说四国语言,我们都很佩服。

超市里卖各种美国本土的化妆品,价格也一致,免税店里大牌的美容护肤只要是美国产的，价格也都一样。跑来采购巧克力的人不少，巧克力豆还能做冰激凌吃，一口美式口音的男店员笑容灿烂，一眼望去，店里都是潮流男女，手上拎的大袋子沉甸甸的。

一路走，日式餐馆前站着很多靓丽的女店员，小酒馆里的桌上摆着酒盅，一个男酒客坐在榻榻米上，疑惑地看了眼我们这群游客，又专心致志地盯着桌面了。

为了不辜负情人节这个有意义的日子，酒足饭饱玩够后，我们就表决了要去哪个同事的房间打牌玩游戏。聚集的房间里大家已经撸起袖子开始打牌了，地上一堆购物袋，桌上、床上都是吃的，有人担心会被隔壁住客投诉，另一人说相邻的客房都是同事，不怕。

白天的塞班，街上很少看到有人，大型购物场空落落地没人气，室外气温差不多在38℃，没撑遮阳伞就用丝巾遮，阳光并不毒辣，高温委实让人困乏。这里要一直到太阳下山了，生活才逐渐苏醒起来，游人、土著都跑出来了。

我和同事站在警察局前好奇地拍照，一个黑人女警很亲切地走出来替我们合照。离开塞班的飞机和来时一样，也是夜晚起飞，晚上还能跑出来见识下小岛上的夜市。夜排档上各种当地美食、小吃，每个人都买了个椰子喝，特别重，拍完照赶紧喝完扔了。热闹的一群人聚在舞台前看表演，几个年轻人在台上卖力地表演说唱、耍酷。

像这样的夜市，年幼时跟着大人去过，一到夏天最喜欢去吃夜排档、烤羊肉,还有很多叫不出名字的粉丝汤,好看又好吃的冰糖水果等。长辈们想让小孩听话,就以去不去夜市做筹码,这招绝对立竿见影。每个夏天,晚上跟着大人出去玩是最开心的事,一手抓着烤串,一手指着鸡鸭血汤,价格也不贵,记得当时1块钱能买一把烤羊肉,好像有7串,量少些。塞班夜市上的椰子卖1美元,口味清淡。

旅行回来的好一阵子,办公室的同事们还在回想吃了哪些好吃的,带回的芒果干根本不够几天吃的,巧克力也没挨到下飞机多久,替自己找理由:太热的天气,容易化,就干脆化自己嘴里了。

施玟等着我的白巧克力做冰激凌,我是用了很大毅力和决心才没有吃光的,她非常不领情地说,"这么点,只够做一人份的,一会你看着我吃好了。"

她在玻璃碗里打了4个鸡蛋,去掉蛋黄,蛋白和白糖放入碗内搅拌均匀,直至蛋液呈乳白色,100克白糖的量搭配500克牛奶,一起在碗中搅拌均匀,接着倒入锅中煮到微开。出锅的蛋液,倒入另外的容器,冷却后放入冰箱冷冻。通常需要每到2~3个小时搅拌一下,但我被施玟拖出去买了奥利奥、巧克力,路上再磨蹭下,起码4个小时过去了。

蛋液放进冰箱时没像她说的那样是在冷却后,而是直接放了进去,她说:"这样比较快,散热的多,吸收的热量也多。"

我去加热巧克力,看着一块块香甜的固体慢慢融化在锅里,甜香四溢。她负责把奥利奥弄碎,还磨了些坚果,碾碎后待洒在冰激凌上。

等待的过程比实际操作的时间要长,所以很多人都是白天放入,到第二天打开冰箱看情况。

经过她反复观察后,冰激凌终于好了,这时将草莓切成小块,在淋着液体巧克力的冰激凌上撒上坚果和草莓,还有用作装饰点缀的饼干。

我率先尝了口,就像在严冬吃到了夏天的阳光。施玟吃了几口,说:"下次用奶油试试,味道会更好些,巧克力不错。"

"我还有一些巧克力豆,你要吗?"

她想了想说:"还是我选的巧克力更好吃些。"

美食当前,不必计较。

"冬天吃冰激凌不容易融化,夏天时得一个劲快吃,我小时候吃得非常快,祈祷不要让大人发现,然后跟他们说化得太快没吃到,被我蒙混过关了好几次,后来被我爸拆穿了。"施玟笑着说,直到笑容敛尽,"童年的美好,就好像夏天手上拿着的冰激凌,非得抓紧着吃完再继续要更多的。那时总以为人生还有很多快乐的事等着我们,其实只有那么多,如果没有竭尽全力争取更多的冰激凌,就没有啦。"

不知是否因为巧克力来自小岛的缘故,沾染了海岛气息,有一股黏糊的夏日味。

蜂蜜酸奶

蜂蜜酸奶

原料：
一盒鲜牛奶，酸奶菌，蜂蜜

做法：
① 牛奶和酸奶菌放入酸奶机，搅匀
② 选择酸奶功能，设置 8~10 小时
③ 完成后加入蜂蜜和喜欢的水果配料

年岁渐长,愈失去走进别人生活的勇气。

医院病房外的长廊上,那人来来回回地踱着步,眉头皱得很深,表情凝重。这个楼层里住着的都是刚动完手术的病人,情况严重的病人家属在病房门外听医生说话。

同病房的患者但凡能开口说话的,都会讲些自己治病的经历。我不大愿意听那些悲伤的故事,太沉重,太无奈,有时装作没有听,过后记起来不禁会问:也不知道怎么样了……

对别人的痛苦,如果没有经历过,是不会有什么体会的,即便有人好心地询问,也是希望听到好转的话再换个话题闲聊。

刚从重症监护病房出来不久的老人,呼吸沉重地闭着眼,儿女们七手八脚地帮忙,医生关照了几句饮食上的事,老人的女儿问:"酸奶还能不能吃?"

"第一阶段疗程开始的时候吃。"

在长廊上徘徊的男子抬头看了看,我看不出男子是这一家子的。

我去楼下买饭,顺便再带些回来,刚进电梯又挤了一群人进来。

"你女儿这个病,医生最后怎么说?"

"唉,手术费要30万,还找不到匹配的。"

"这几天一直待在病房外的,就是你女婿?"

"还不是女婿,本来是年底结婚的,现在好了,钱花光了,人也要没有了。"

"呸、呸、呸！这种话好胡说八道的啊，你女儿还年轻。"

一个年纪大点的妇女忽然说："你这女婿人还不错的噢，天天来看你女儿，换成别人早就跑了。"

一脸倦容的妇女苦涩地摇摇头，"她真没福气，一点福气也没有。两人感情一直还可以，我们心里都很开心等着结婚抱外孙，结果……唉……"

电梯内瞬间都沉默了，旁人不知如何劝，只说："别太难过，还有机会的。"年长的妇女压低了些声音，说："人这一生谁也说不准，她现在最安慰的是男朋友还陪着她，这个小伙子人不错。"

走出电梯，那妇女一直送亲友走到医院大门口折回，我回头看了看，她低垂着头，刚才仅有的振作用光了，每一步都走得凌乱又焦急。

医院里的病床下，除了几样水果，送来最多的要数各种各样的酸奶。以前只知道能帮助消化，病人即便有胃口也会因为治疗、食堂的饭菜渐渐失去食欲，酸奶不仅帮助消化，还能补充些营养，对刚经过各阶段治疗而胃口欠佳的病人，能增加些食欲。

从重症监护室出来的老人已经醒了，老伴儿由儿子扶着拎了一箱酸奶过来，其余病床的家属把椅子让给老人坐，老太太耳背，行动不便，坚持要来看老头子，儿子无奈地站在一旁对旁人摇头。

病房里一时有点儿挤，我拎了饭盒和酸奶去楼道里吃。

我坐在中间层的台阶上，也不用担心突然被人看到吃相而尴尬。不一会儿，一阵阵琐碎声走近，一个男声问："要坐在窗口吗？"

"嗯，病房里太闷了，隔壁病房的老头没事了？"

"好像是的。"

"前一天晚上差点又送回重症监护室，值班的医生一晚没睡，同病房的也是。"

"别去想那些。"一阵塑料袋的窸窣声，男声说："吃完饭有一会了，把这瓶酸奶喝了吧。"

女子笑了起来，声音很悦耳，像音符绕了个完美的弧线，说："这是你亲手做的蜂蜜酸奶？"

"对我没信心？"

"不是啊，我就是没想到你真的会这么做，我随便说说的。"

男子也笑了起来，"我也没想到，随便去看个音乐会，就看到你在台上。"

"我是被他们推上去的，那个主唱一直拉着我的手，我紧张死了。"

我好奇地探头看了看，男子亲吻着她头发，她抬起头笑，眼睛如新月，脸上几乎没有血色，穿着宽大的病服。男子正是那个在病房外走来走去的人，他小心翼翼地扶着她，下颌有着坚毅的线条。

"什么时候我们再去听音乐会？那个花园广场真漂亮，很多歌手去办过音乐会，我喜欢露天音乐会，你呢？"女子问。

"跟你在一起,你想去哪儿都行。"

女子忽然沉默了,吸着玻璃瓶里的酸奶,又搁在窗台上,声音异常冷静地问:"是不是我妈跟你说了什么?"

"怎么会呢?"

"你们都瞒着我吧,连你也是。我这病好不了的,就算侥幸活下来,也会……也会影响以后的生活。"

"我跟你说过多少次,不要再说这种话了,你看你,年纪还没隔壁病床老太太的三分之一,记性怎么比她还差?"

女子嗤地笑了出来,说:"你说你这人吧,什么都好,就是嘴损,跟那老头一样,老太太说一句什么话,那老头就一定要拆穿。昨天你还没来的时候,老夫妻俩在怄气呢,谁也不敢上去劝,护士拿他们一点办法也没有。"

我轻声轻气地吃完盒饭,手上的酸奶一直没喝,不好意思突然这么走下楼。

女子坐在折叠椅上,男子站在她身后,两人静静地靠着,有时点点对方的胳膊,有时点点对方的肩膀,无声而心领神会。

"我现在想想都觉得不可思议,那天和朋友去听音乐会,我原本不想去。我妈要我去相亲,老催我结婚生孩子,我没辙了,只好说跟朋友去听音乐会,门票很贵的,不能退,她老人家只好放我一马。我门票的位子应该是在外场，可那个保安不知怎么看的，就是把我往内场赶，我见前面的人少，就一个劲往前挤，没想到挤到了第一排。我从没这么近距离地看音乐会，开心死了，看见那个主唱从前面走过，我差点就勾着他脚腕了，谁知道被他一把拉上台，我总觉得推我上去的应该是他保镖，不然大家还不都往上挤啊！"

女子一边回忆一边在笑，身旁的男友抚着她的发丝，装作不以为然地说："是吗？我看见他拽你上去以后，一直在揩你油，你去听音乐会都穿那么短的裙子吗？"

"你还有什么没想到的？"

"把你拽下来带回家。"

女子笑着捶打他，他抚着她的脸颊，弯下腰亲吻她。

有好一会儿，她推了推他，嘀咕着："确实是你把我拽下来的。"

男子抱着她沉默，小心翼翼地不碰到她打着点滴的手。

"我跟你说件事，你先别生气好吗？"女子忽然推开，新月般的眼睛闪着光。

他似乎知道她要说什么，绷着下颌，眉头皱了皱，最后还是点点头。

"刚知道生这病时我很愤怒，为什么我这么倒霉，为什么不是发生在别人身上，好的事情我总赶不上，倒霉的事总是摊上我？我甚至想，你知道了以后用不了多久就会离开我，那时我故意气你，跟你吵架，反正早晚你都会走的，我也不希望你看到最后我变成丑八怪的样子。不——你让我说完。进进出出医院这段时间,看看别人,看看我自己,舍得的、不舍得的,最终我们都要分开的。有些人,是生离,明明对方都好好地活着,但他们心里再也容不下对方了,连吵架都不吵了;有些人,尽管不懂怎么表达,连端茶喂饭也让人动容。我做了最坏的打算,最对不起妈妈,最好的事是有你在……"

女子的哽咽声吞没了话音,断断续续地说:"最愤怒的那段时间,我一个人躺在病床上,也不想跟妈妈说话,同病房一个病人的女儿对我说:'以前我比你更加愤怒,家里出了这样的事,是场大灾难,我像个疯子恨透了一切,可是不管用啊,愤怒仅仅让你体会到从未活得这么真实。等你明白了,你会看清自己从前的幼稚。'那天,听了她的话,我哭了很久,我从没当着妈妈的面哭过。那之后,我渐渐想开了,我应该告诉你。"

他们拥抱住对方。

再后来,重症监护室出来的老头脱离了危险,现在能坐起来吃点东西,偶尔他会微笑着讲述他的经历,那是一个故事,完整、坚韧的一个时代,他的老伴儿默默地坐在一旁,儿子出去和医生说话了。那对总是吵架的老夫妻,前两天出院了,儿女提着日用品走在前面,老两口互相搀扶着走在后面。

我没再看到那对年轻的恋人,听说是出院了。每次经过那个换了人的床位,我还是忍不住多看两眼,不知道后来他们怎么样了,他们还好吗?

每个人的过去像一堵墙,阻挡着别人的靠近。恐惧是一个人成长之后最大的悲伤,我们得格外珍惜年少时的相遇和纷争,一无所知的你,遇上一无所知的他,这么美好,这么勇敢。

本作品中文简体版权由湖南人民出版社所有。
未经许可,不得翻印。

图书在版编目(CIP)数据

唯爱与美食不可辜负 / 山亭夜宴著. —长沙:湖南人民出版社,2020.9
ISBN 978-7-5561-2144-1

Ⅰ. ①唯… Ⅱ. ①山… Ⅲ. ①散文集—中国—当代 Ⅳ. ①I267

中国版本图书馆CIP数据核字(2020)第049679号

WEI AI YU MEISHI BUKE GUFU
唯爱与美食不可辜负

著　　者	山亭夜宴
出版统筹	张宇霖
监　　制	陈　实
产品经理	刘　婷
责任编辑	李思远　田　野
责任校对	曾诗玉
插画设计	苡米昔　李啦啦
封面设计	郑金将工作室
出版发行	湖南人民出版社有限责任公司 [http://www.hnppp.com]
地　　址	长沙市营盘东路3号
电　　话	0731-82683357
印　　刷	长沙超峰印刷有限公司
版　　次	2020年9月第1版　2020年9月第1次印刷
开　　本	889mm×1194mm　1/32
印　　张	10.25
字　　数	200千字
书　　号	ISBN 978-7-5561-2144-1
定　　价	58.00元

营销电话:0731-82683348　　(如发现印装质量问题请与出版社调换)